上様の大英断

御庭番の二代目10

氷月 葵

時代小説
二見時代小説文庫

目次

第一章　老中の飛駕籠《とびかご》　7
第二章　暴挙、許さじ　61
第三章　立者《たちもの》と寝者《ねもの》　122
第四章　しらを切る男　193
第五章　立ってこそ　237

上様の大英断――御庭番の二代目10

江戸城概略図

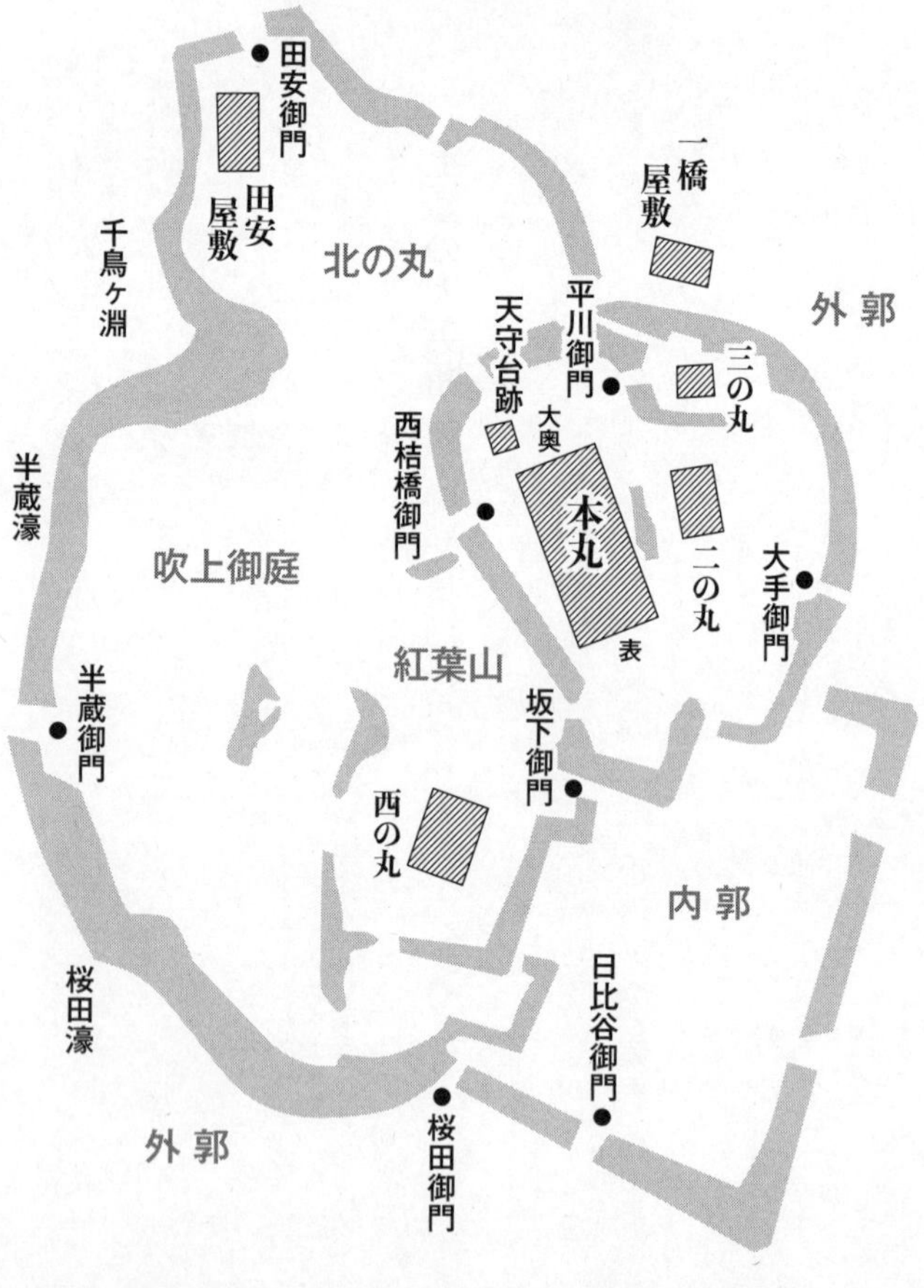
田安御門
田安屋敷
千鳥ヶ淵
北の丸
一橋屋敷
外郭
平川御門
天守台跡
三の丸
大奥
西桔橋御門
半蔵濠
本丸
吹上御庭
二の丸
大手御門
表
紅葉山
坂下御門
半蔵御門
西の丸
内郭
桜田濠
日比谷御門
桜田御門
外郭

第一章　老中の飛駕籠《とびかご》

一

城を出た宮地加門《みやぢかもん》は、十一月の木枯らしに吹かれながら、濠沿《ほりぞ》いに歩いていた。風邪《かぜ》を引いた御庭番仲間に頼まれ、薬をもらいに行くためだ。医術を学んだ医学所に行けば、薬を安く分けてもらえる。ちょうどよかった、と加門は思っていた。昨夜、妻の千秋《ちあき》が咳《せ》き込んでいたからだ。〈大丈夫か〉と問うと、千秋は〈大丈夫ですよ〉と答えた。が、今朝も咳《せき》はやんでいなかった。

大丈夫でないときほど、千秋は強く〈大丈夫〉と言う。そのことに気づいたのは夫婦になって六年も経ってのことだった。

そうだ、甘い菓子も買って帰ろう……。加門は腹で頷《うなず》く。

寒風で舞い上がるほこりをよけながら、加門は神田橋御門《かんだばしごもん》の前を過ぎた。ふと目が、大きな屋敷に引き寄せられる。門の近くに立つ男達が、辺りから浮いて見える。股引《ももひき》に尻ばしょりをした三人の男は、百姓らしい。武士と町人ばかりの江戸では、あまり見かけない姿だ。と、そのうちの一番若い男の目が、こちらを捉えたことに気がついた。

なにか訊《き》きたいのだな、と加門は察し、足を緩《ゆる》めた。御庭番といえば眼光鋭く怜悧《れいり》な顔つきをしている、と人々には思われがちだが、実は違う。御庭番はさまざまな人から話を聞き出すことが重要な仕事であるから、気さくで人当たりがよくなければいけない。それが染みついているために、加門は町でよく道などを尋ねられる。

男が歩み出すと、

「おい、弁次郎《べんじろう》」

と、うしろの男が呼び止めた。が、そのまま加門に寄って来ると、大きな屋敷の門を指さした。

「あのお屋敷は老中の酒井《さかい》左衛門《さえもんのじょう》尉様のお屋敷じゃろうか」

ああ、と加門は頷く。

「そうですよ、間違いありません」

その言葉に、弁次郎は振り向く。

「喜四郎《きしろう》さ、定次郎《さだじろう》さ、やっぱりそうじゃと」

二人も顔を見合わせながら、こちらにやって来る。

加門に小さく会釈をすると、定次郎は辺りを見まわした。

「聞いたところによると、老中様のお屋敷はもう一つある、ということじゃが」

「ええ、そうです。こちらはもともとの酒井家のお屋敷、老中の役宅はあのお濠の向こうにあるのです。下城されてそのお屋敷に行かれ、それからこちらに戻られるようですよ」

「ほう、ならば」喜四郎も進み出た。

「御登城はこちらからなさる、ということですかのう」

ええ、と頷きながら、加門は並んだ二人を見た。喜四郎は四十近く、定次郎は三十くらいであろう。

「わたしも登城される御駕籠《かご》行列をいくどか見たことがあります。こちらのお屋敷から、そこの御門を通ってお城に行かれましたね」

加門はその道を目で示しながら、少し離れた場所からこちらを見ている浪人に気がついた。そのうしろには足軽と見える三人の影もある。

「よし、これでええがね」

「ああ、戻って知らせにゃ」

小声を交わし合うと、加門に向き直って、頭を下げた。

「おおきに」

いや、と加門は歩き出す。が、すぐに小さく振り返った。

去って行く三人のあとを、浪人と足軽がついて行く。

やはり、狙っているのか……。加門も踵《きびす》を返すと、そのあとを追った。

屋敷の並ぶ道を抜け、町に入る。

細い道を曲がると、いきなり跡を追う者らが走り出した。

刀を鞘《さや》ごと抜き、振りあげる。定次郎らはそれに気づき、走り出した。が、弁次郎は身を翻《ひるがえ》し、男達に向かって行く。

「やめんねっ」

定次郎も振り向いて、足を止めた。立ち止まった三人に、足軽三人が襲いかかる。

鞘を振りまわし、それぞれを打つ。が、弁次郎は身体ごと、相手にぶつかっていった。

定次郎は、振りまわす相手の腕をつかむ。喜四郎は一撃を受け、よろめいたものの踏みとどまった。浪人は少し離れた場所からそれを見ている。

加門が駆け寄った。

「よせっ」

やはり鞘ごと抜いて、乱闘のなかに飛び込む。

振り上げられた足軽の刀をそれで打ち払った。

その男の腹に弁次郎が頭突きを入れる。

定次郎も相手の腹に膝蹴りを入れた。

加門はもう一人の腕を鞘で打つ。

見ていた浪人が、進み出た。

「よい、退け」

その声で、足軽らが走り出す。

「逃げまいか」

弁次郎の怒鳴り声を、喜四郎が手で制した。

「もうええで」

「ああ、ただの脅しじゃ」

定次郎もはだけた着物を直しながら、去って行く背中を睨んだ。

加門は刀を戻しながら、三人を見た。

「脅しとは、あの者らを知っているのですか」

「へえ、あの浪人は知っとりますで」

定次郎の言葉に弁次郎が続ける。

「あん男は黒崎《くろさき》佐一右衛門《さいちえもん》というんだがね。何日か前にも、宿の前をうろうろしとったで」

ああ、と喜四郎も頷く。

「まさか江戸に来ていたとは、思わなんじゃったが」

「宿はどこですか、送りましょう」

加門の申し出に、喜四郎は首を振った。

「すぐ近くの秩父屋《ちちぶや》だで、なんちゃぁありません。おおきに、助かりました」

ぺこりと頭を下げる喜四郎に、あとの二人も従った。

口を開きかけた加門を遮《さえぎ》るように、

「行こまいか」

と、喜四郎が踵を返す。

二人ももう一度、加門に頭を下げると、くるりと背中を見せた。

問いたかったいくつもの言葉を飲み込んで、加門はそれを見送った。


数日後。十一月二十一日。

朝餉《あさげ》をすませた加門は、廊下の障子《しょうじ》を開けた。

この御庭番御用屋敷《おにわばんごようやしき》には十七家の小さな屋敷が建っており、それぞれに狭いながらも庭がある。

加門は木の梢越《こずえご》しに空を見上げた。数日続いていた風や雨がやみ、穏やかに晴れ渡っている。

脳裏に老中酒井家の前で会った百姓三人の顔が浮かんだ。もしかしたら……、と口中《こうちゅう》でつぶやく。

そこに小さな足音が響いた。長男の草助《そうすけ》が横で立ち止まると、

「父上、道場に行って参ります」

と、頭を下げた。

「おう、励んでこい」

加門の笑みに草助は再び廊下を走り出す。

「まあまあ、家の中を走ってはいけません」

妻の千秋が長女の鈴《すず》を抱いて奥から出て来ると、「はい」と背中で返事をする草助を見送った。千秋は夫に近づきながら、微笑《ほほえ》む。

「昨日、高橋《たかはし》様からお礼を言われました。加門様からいただいた薬がよく効いて風邪が治った、と」

あっ、と加門は口を半開きにする。

「あ、あれはついでで……」

身を引く夫に、千秋はくすりと笑った。

「どちらがついででもよいのです、おかげでわたくしの風邪も治りましたし」

「う、うむ、よかった」

「それに」千秋は微笑みのまま加門を見上げる。

「わたくしは薬以上に金鍔《きんつば》がうれしゅうございました。甘い物は風邪にもよいと言いますから、よけいに早く治ったのでしょう」

「そうか、それはよかった」

ほっとして笑みを返す加門に寄り添って、千秋は空を見上げる。

「もうすぐに師走《しわす》ですねえ、宝暦《ほうれき》も六年を迎えるなんて、早いこと」

「うむ、月日が流れるのは、本当に早いな。子供の頃は大人になるのは、はるか先のように感じていたものだが、わたしも来年は三十八だ」

「ええ、年とともに、時の経つのが早くなる気がしますね。加門様、今日は非番でしたね、お茶をお淹《い》れしましょうか。お茶菓子もあるんですよ」

「いや」と加門は鈴の顔を見、風を遮《さえぎ》るように障子を閉めた。

「ちょっと出かけてくる。茶は戻ってからにしよう」

緩くしめていた帯をぐっとつかむと、加門は身支度を整えに部屋へと戻った。


神田橋御門を左に見て、加門は先日の酒井家屋敷へと向かった。と、すぐに足が止まる。別の屋敷脇の細い道に、人影を見つけたからだ。

やはり、来ていたか……。加門はその姿を確かめる。先日の弁次郎と喜四郎、そして定次郎、さらに三人の百姓が塀の陰に身を潜《ひそ》めている。皆、着流しの上に羽織を着た正装だ。

駕籠訴《かごそ》をする気だな……。と、加門は離れた場所からようすを窺《うかが》った。

享保《きょうほう》の頃に年貢の取り立てが厳しくなって以来、百姓衆の強訴《ごうそ》や一揆《いっき》が、頻繁に起きるようになっていた。しかし、年貢の減額を願う百姓側の願いは、なかなか聞き入れてはもらえない。業《ごう》を煮《に》やした百姓衆は、江戸に来て、老中の駕籠に訴状を掲げる挙に出るようになった。

老中は将軍のすぐ下に付き、幕政を担う最重要の役だ。老中首座《ろうじゆうしゆざ》が一人、その下に四人の老中がいる。

藩に訴えても埒《らち》が明かず、御公儀の奉行所に訴え出ても取り上げてもらえないときには、老中に直《じか》に訴えるという、道が取られる。しばしば起きるその直訴《じきそ》は、いつしか駕籠訴と呼ばれるようになっていた。

酒井家のほうから、勢いのよい足音が響いてきた。老中の飛駕籠だ。

老中の駕籠行列は、登城の際、走るのが慣例だ。なにか事が起きたときだけに走れば、人々に異変があったことを知られてしまう。が、いつも走っていれば、気づかれようがない。そのために、走ることが定着し、飛駕籠と呼ばれるようになっていた。

行列が御門前の広場に現れた。

人影が動いた。

弁次郎が走り込み、

「お願いでございます」

と、膝をつく。

行列の走りに乱れが出たところで、

「御訴訟、御訴訟」

という大声が上がった。定次郎と喜四郎が、声を上げながら駆け込む。さらにそのうしろに三人が付いて行く。

「ええいっ」

「無礼者」

家臣らのなかから声が上がり、先に走り込んだ弁次郎が蹴り飛ばされる。

「お願いでございます」

喜四郎も膝をつき、手にした竹の棒を掲げる。割られたその先端には、訴状が挟まれている。

「お聞き届けくださいまし」

定次郎も横に並んで、低頭する。蹴られて横に転がってきた弁次郎も、膝をついて
「お願いで……」と大声を放った。泣き声になっている。

六人の男が、並んで声を上げ続ける。

「御老中様、お願いでございます」

行列の足はすでに止まり、駕籠が下ろされた。

たちまちに集まった野次馬《やじうま》らに混じって、加門もそっと近づく。

駕籠の窓が開く。

酒井様だ……。加門は遠目から、いつも城中で見ているその顔を窺う。

家臣が窓に顔を寄せ、頷いている。

「そのほうら」家臣が百姓を見下《お》ろした。

「殿が話を聞いてくださるそうだ。下城なさるまで屋敷で待つがよい」

百姓衆の目が丸くなる。同時に、その頭を地面へとつけた。

「へへえ」

「ありがとうございます」

駕籠はすぐに地面を離れ、また行列は走り出した。

残った一人の家臣が、百姓らを立たせる。

「付いて参れ」

屋敷へと向かうその一行に、加門は走り寄った。

一番最後を歩く百姓の男に、

「どちらから来たのですか」

そう加門は声をかける。

「郡上藩《ぐじょうはん》で」

男は小さく振り返ると頷いた。

引き連れられて行く六人を見送ると、加門は踵を返した。

御用屋敷に戻り、身なりを整える。と、急いで城へと上がった。


本丸の中奥《なかおく》。

将軍の御座所《ござしょ》に近いある部屋に向かうと、加門はそっと襖《ふすま》を開けた。

九代将軍家重《いえしげ》の御用取次《ごようとりつぎ》を務める田沼主殿頭意次《たぬまとのものかみおきつぐ》の部屋だ。

部屋の中には誰もいない。が、加門はするりと身を入れた。勝手に入ってよいことになっているのだ。

将軍の昼食《ちゆうじき》がすめば、意次も中食を摂《と》るため戻って来るはずだ。

じっと待っていると、やがて足音が響いて襖が開いた。

「おっ、加門、来ていたのか」

驚きに続いて笑みを浮かべた意次に、加門は神妙な顔で頷く。

「なんだ、なにかあったか」

向かいに座った意次に、加門は膝行《しっこう》して間合いを詰めた。

「そなた、去年、郡上で百姓一揆があったと話していたであろう」

「ああ、そうだった、そなたが美濃《みの》の川普請《かわぶしん》の探索に行ったあとだな。郡上は奥美濃《おくみの》だから、なにか聞いたかと思って訊いたのだ。それがどうかしたのか」

「うむ……」

加門は駕籠訴のことを話す。

「ああ、酒井様の行列に駕籠訴があったことは聞いた。そうか、郡上の百姓衆だったのか……一揆は治まったと聞いていたのに、続いていたのだな」

「ああ、そのようだ。一応、そなたの耳に入れておこうと思ってな」

「ふむ、知らせてくれてありがたい。酒井様ならば、うまく運ばれるだろうが、こちらも知っておくに越したことはない。だが……まもなく師走、続いて正月だ。吟味をするにしても、さほど進まないであろうな。このような時期に来るとは、間が悪い」

小さく眉を寄せる意次に、加門は苦笑を漏らす。

「ああ、だが、稲刈りが終わって次の田植えまで、百姓衆の手が空《あ》くのは冬しかない。しかたないだろう」

「む、そうか」意次は顎《あご》を上げて加門を見る。

「さすが、あちこちの村々を見て歩いて来ただけあるな。わたしは迂闊《うかつ》なことよ」

「なに、城中にいれば、田畑のことなどわからん。わたしとて、村々を歩いて、そういうことがわかったのだ」

「うむ、だが、これではいかん」

意次は首を振る。そこに廊下から声がかかった。

「主殿頭様、御昼食をお持ちしました」

「うむ、入ってくれ」

襖が開いて、膳が運ばれて来る。

屋敷に戻らず、ほとんどを城中で過ごしている意次には、中奥の御膳所《ごぜんしょ》から飯が運ばれてくる。

加門は腰を上げると、また来る、と目顔《めがお》で告げた。

うむ、またな、と意次が頷いた。

二

年明けて宝暦六年三月。

加門は家重から呼び出しを受けた。

御座所近くの小部屋で待っていると、家重と意次、そして長年の側近であり意次よりも早くに御用取次になっていた大岡出雲守忠光《おおおかいずものかみただみつ》が入って来た。口に麻痺《まひ》のある家重の発語を、正しく聞き取ることができるのは、この側近の二人だけだ。

いつものように、忠光は家重のすぐ脇に座ると、すぐに加門を見た。すでに家重の考えを聞いており、御下命も心得ている顔だ。

「宮地加門、そのほう昨年、美濃の探索に行った折、郡代《ぐんだい》の青木次郎九郎《あおきじろうくろう》と会っていたな」

「はっ」加門は低頭してから顔を伏せがちに上げる。

「ですが、対面して言葉を交わしたわけではありません。遠巻きに郡代が人々に指示を出したりするのを見ていただけです」

「ふむ、そうか。だが、人を見る目に長《た》けた御庭番であれば、その人となりも多少はつかめるであろう」

忠光の言葉に、加門は青木次郎九郎の姿や振る舞いを思い起こしていた。

「そうですね、その……堂々として、いかにも郡代らしいお人柄でした。多少、権高《けんだか》ともいえるような話しぶりではありましたが、裏があるようなお方ではない、と感じました」

「ふうむ、そうか。嘘をつくような者ではない、ということか」

「あ、はい。道を外《はず》れたことはなさらないのではないか、と」

加門は小さく頷く。青木は決して慈悲深い人柄ではなく、出世欲も強そうで、権勢には弱い、と感じたのを思い出す。が、なぜ、青木の話が出されるのか……。加門はちらりと斜め横に座っている意次を見た。

意次が口を開く。

「青木次郎九郎は吉宗《よしむね》公の時代、よき三郡代の一人に数えられていたらしい。御公儀にとっては、役目に忠実な者として評判はよかったというのだ」

「うむ」忠光が頷く。

「だが、こたびはちと得心のいかぬことが出て来た。加門、そなた、郡上の百姓が老中酒井様に駕籠訴をしたのを見たそうだな」

「はっ、たまたま、その場に居合わせましたので」

「その郡上の一件、一応、吟味が進められているのだ。でな、百姓の言い分で解《げ》せぬ話がある。美濃郡代の青木次郎九郎が、郡上の庄屋を集めて、年貢の徴税法をこれまでの定免法《じょうめんほう》から有毛検見法《ありげけみほう》に変える、と触れを出したというのだ」

はっ、と加門は思わず、顔を大きく上げた。

郡代は徳川家の支配する直領《じきりよう》を管理するのが役目だ。一方、藩にはその国を治める藩主がおり、施政は藩独自で行っている。他藩の政《まつりごと》に公儀の郡代が口出しするのは、筋違いも甚《はなは》だしい。

まさか、そんなことが……。驚きのあまり、顔を上げしてまったことに気づいた加門が、無礼に気がつき戻そうとすると、

「よい」

と、家重の口が開いた。面《おもて》を上げておけ、とその目顔が語っている。

加門が背筋を伸ばすと、意次が頷いた。

「おかしい話であろう、たとえ隣の地とはいえ、郡代が他藩の民に命《めい》を下すとは。しかし、訴状にそう書かれているため、百姓を呼んで問うたところ、間違いないというのだ。郡代の屋敷である笠松陣屋《かさまつじんや》に郡上の庄屋達を呼び出して、定免法から有毛検見法による検見取《けみどり》に変えるゆえ、従うようにと命を下したそうだ」

うむ、と忠光が身を乗り出す。

「当の郡代にも問うべきであるが、なにしろ美濃は遠い。ゆえに、とりあえず郡代を支配する勘定奉行を呼び出して問うたそうだ。が、勘定奉行はいっさい与《あず》かり知らぬ、と言ったということだ」

「どういうことでしょう……」

　つぶやく加門に、家重が口を開く。その声音《こわね》を、忠光が言葉にした。

「ゆえにそなたに探索を命じる。矛盾があるゆえ、どこかに嘘があるとしか思えん。まず、百姓らの言うことに間違いはないか、信用のおける者であるかどうか、それを調べるのだ」

「はっ」

　加門が低頭して横目で見ると、意次が口を開いた。

「駕籠訴をした五人は、宿預かりとなっているそうだ。当分は江戸にとどまるはずだから、調べることはできよう。そうか、宿の名を確かめなければ……」

「いえ、宿は秩父屋、そう聞きました」

　顔を上げると、忠光と家重が顔を見合わせている。忠光が小さく笑う。

「ふむ、なれば頼んだぞ。おいおいわかったことは、意次に知らせるがよい」

「はっ、承知いたしました」

　加門は低頭する。おや、まてよ、とその胸中でつぶやく。駕籠訴をしたのは六人だったはず、五人とは……。家重らが立ち上がる衣擦《きぬず》れの音を聞きながら、加門は小さく首を傾げていた。

江戸橋《えどばし》近くに、秩父屋はすぐに見つかった。

藍染《あいぞ》めの暖簾《のれん》に公事宿《くじやど》秩父屋という字が白く抜かれている。隅に小さく百姓宿という字も見える。

公事宿か、と加門は二階建ての宿を見上げた。

公事宿は普通の旅籠《はたご》と違い、公事（訴え）を起こすために江戸にやって来た者が泊まるための宿だ。町人らが泊まる公事宿には普通の旅人も泊まれるが、それと百姓宿はわけられている。百姓宿は百姓のためだけの公事宿となっているのだ。

加門は暖簾の内を覗いた。まず、駕籠訴をした人らに対する、周りの評判を聞き出そうと考えていた。

公事宿の主は公事師《くじし》を兼ねている。訴状を書いたり、訴えの手続きを代行するのだ。吟味の場にも付き添い、訴人の代わりに訴え事を述べることすらある。

「ごめん」

暖簾をくぐった加門の前に、ちょうど土間に足を下ろした主《あるじ》がいた。

「はあ、お武家様とは……なんでしょう」

「主、とお見受けするが」

「へい、秩父屋主、半七《はんしち》と申します」

そうか、と加門は小声になった。

「こちらに、郡上から来て駕籠訴をした百姓が、宿預かりになっているはず」

ううむ、と半七は首をひねる。

「お武家様はどちらのお方で」

「ああ、これは名乗らずにすまない……」

そう言いつつも、加門はさらに小声になった。御庭番であることは明かさないつもりだ。郡代が絡んでいることを考えれば、御庭番が探索に入ったことは、知られないほうがいい。

「わたしは御公儀の命《めい》を受けて参った者。こちらで預かっている百姓について、少し尋ねたいことがあって参ったのです。訴状を書いたのは半七殿でしょう」

穏やかに目元を弛《ゆる》めた加門に、半七は警戒していた面持ちを解いた。その背後から手代《てだい》が下りて、外へとすり抜けて行く。が、暖簾の外で止まった。

「すぐに行く、そこで待っておくれ」半七はそちらに声をかけつつ、加門を見た。

「お役人様でしたか、あいにく勘定奉行所に呼ばれてましして、行かねばなりませんで。ただ、あのお人らの訴状なら、別の公事師にお願いしたんですよ。なにしろ、百姓衆の持って来たのがたいそう厚い訴状だったもので」

「その公事師とは、誰ですか」

はい、と半七は顔を奥へと巡らせる。

「この裏にお住まいのお医者で島村良仙《しまむらりょうせん》という先生です。医者ながら公事にもおくわしいもので、うちではよくお頼みするんですよ」

「裏」

首を伸ばす加門に、半七は腰を折って、外へと出る。

「あたしは行かねばなりませんので、これで。良仙先生、おられるはずですから、お訪ねになってみてください」

半七と手代の小走りの足音が遠ざかって行く。

加門も出ると、脇の路地を抜けて裏へとまわった。

小さな一軒家に、本道（内科）島村良仙と書かれた木札が下がっている。

「ごめんくだされ」

戸を開けると、

「ほうい、入りなされ」

と、声が返ってきた。

出て来たのは総髪《そうはつ》を結《ゆ》った四十がらみの男だった。

意外そうに加門を見る良仙に、抑えた声で言う。

「今、秩父屋の半七殿から聞いて、こちらを訪ねました。郡上から来た百姓衆の訴状を書かれたと聞いて。御公儀の吟味のため、少しお尋ねたいことがあるのですが」

ほう、と良仙はまじまじと加門を見る。

「御公儀の吟味のためとは、上のお方から、遣《つか》わされたということですかな」

「ええ、まあ。正しい吟味のためですので、ご安心ください」

では、と良仙は手を上げた。

「どうぞ、お上がりください」

奥へと通された加門は、良仙と向き合うと口元を弛めた。

「実はわたしも、医術を多少学んだことがありまして……」

「ほう、そうですか、どちらで」

加門が医学所の話をすると、良仙の顔はたちまちに弛んだ。わかり合えることが多く、話が弾《はず》む。

良仙の面持ちがすっかり和《なご》やかになったところで、加門は少し声音《こわね》を変えた。

「ところで、訴人となった五人の百姓は、どのような人柄でしたか」

「人柄」と繰り返して、良仙は腕を組んだ。

「そうですな、実直と申せばわかりやすいでしょうな。いや、それよりも、驚いたのは、学があるのです」

「学ですか」

「ええ、秩父屋さんは百姓宿ですから、わたしはこれまでずいぶんと百姓らの訴状を作ってきました。百姓衆が語ることを、わたしが書き留め、訴状に直すのが常です。しかし、郡上のお人らは自ら訴状を作ってきていまして、それがなんとも立派だったのです」

「立派とは、どういう」

「まず、字がうまい、文の運びが理にかなっており、一つも間違いがない。それどころか、格調も高いのです。山奥の百姓衆と侮《あなど》っていたのですが、いや、このようなお人らがいるのかと、不明を恥じました」

「それは、あの五人が書いたのに間違いないのですか」

「はい、書いたのは定次郎さんです。文は皆で考えたと言っていましたが、主に定次郎さんと喜四郎さんでしょう。喜四郎さんも学があって、話すことも真《まこと》に理にかなって整っておるのです。聞けば、二人とも、家では代々読み書き算盤《そろばん》を教えられるそうで、幼い頃から厳しく叩き込まれたそうです」

　へえ、と驚く加門に、良仙は傍《かたわ》らの文箱《ふばこ》を開けると、巻紙を取り出した。

「書き直しのための訴状の下書きがありますよ。定次郎さんが書いた物です」

　差し出された巻紙を受け取ると、加門はそっと広げた。墨の色も鮮やかな達筆だ。

　目を瞠《みは》る加門に、良仙が頷く。

「大したものでしょう。元の訴状には五十五箇条もの訴えや願いが書かれていたので、これでは長すぎると、三十三箇条にまとめたのです。で、定次郎さんが書き直すことになって、それは下書きのうちの一枚です」

　加門は巻紙を広げながら目で読み込んでいく。

　良仙が首を振った。

「聞けば、国で行《おこな》った強訴《ごうそ》によって、検見取をやめ定免法に戻すと、国家老らは約束したそうです。が、美濃郡代から命《めい》が下されて覆《くつがえ》されたと。そこで約束が違うと、四十人の百姓が江戸に下って藩邸に訴状を出したそうですが、なんと、逆に屋敷の牢屋に閉じ込められたそうですよ」

「なるほど」加門は目で文字を追いながら、頷く。

「で、藩に訴えても埒《らち》は明かない、御公儀に訴えようということになったということですね」

「ええ、藩には何度も訴えたそうですが、まったく取り上げてもらえなかったということで。まあ、となれば、駕籠訴しかない……そう考えるのも道理というもの。わたしもなんとかしてあげたい、そう思った次第です」

「そうですか」加門は顔を上げて改めて良仙を見た。

「医者でありながら公事師も務めるというのは、大変なことですね」

「いや、部屋住みの穀潰《ごくつぶ》しとして生きることを考えたら、人の役に立てるのはありがたいこと。いっこうに大変ではありません」

目を細めて笑う。そこに女の声がかかった。

「先生、文耕《ぶんこう》さんが見えましたよ」

「ほう……いや、お客様ゆえ、改めてお越しを、と伝えてくれ」

「あ、いや」加門が手を上げた。

「わたしはもう帰りますので、お客人をお上げください」

加門は訴状を巻き直す。今、読んだ訴状の内容を、屋敷に戻って書き留めておきたかった。

ふうむ、と良仙は襖に向いた。

「では、こちらに通しておくれ」

はい、と足音が去って行く。良仙は加門に苦笑を見せた。

「なに、客といっても押しかけて来るお人。馬場《ばば》文耕殿といって、講釈師、まあ本も書いているお人なのですが、駕籠訴のことを聞いて、いろいろと知りたがっているのです」

高い音を立てて、足音がやって来る。

「ごめん、失礼いたす」

勢いよく開いた襖の向こうから、浪人姿の男が入って来た。良仙と同じように、総髪に髷《まげ》を下げている。

「や、これは御無礼」

小さく会釈をしつつも、どっかと胡座《あぐら》をかく。

加門は「いえ」と腰を浮かせながら、良仙に巻紙を返した。

「やっ、それは訴状の写しですな。こちらの御仁にもお見せなすったのか」

文耕の言葉に、良仙は苦笑する。

「いや、まあ。こちらは御公儀から遣《つか》わされたお方ゆえ」

ほう、と文耕は正面から加門を見る。

「どちらのお役所のお方ですかな」

「いや、名乗るほどの者ではない小役人です」

加門は「では」と立ち上がる。

「邪魔をいたしました」

良仙に頭を下げると、下がって襖を閉めた。

背中に文耕のよく響く声が聞こえてきた。

三

「ほう、訴状の写しか」

意次が加門の差し出した巻紙を手に取って開いた。

「ああ、読んで覚えたものを書いたのだ。まあ、当人の書いた字はもっと立派だったがな。公事師の言うことには、人柄も実直だそうだ」

ふうむ、と意次は文字を追いながら、頷く。

「言葉の使い方も大したものだな、下手《へた》な役人よりもよほどしっかりしている。つくづく、生まれや身分で人を測ってはいかん、と思うな」

　そう言う意次の顔を加門は改めて見る。意次は百姓身分の者を二人、才覚ありとして武士身分に引き上げ家臣としている。加門も意次の屋敷でその二人と会っているが、確かに聡明で人柄もよい、と感じていた。

「まったくだ。それを読んでも嘘を並べ立てるような人柄とは思えないであろう。こうした訴状を藩には何度も出したらしい。が、藩のほうではまったく取り合わなかったというのだ。郡上藩の藩主はどういうお人なのだ」

　身を乗り出す加門に、意次が顔を上げる。

「うむ、わたしも調べたのだが、金森兵部少輔《かなもりひょうぶしょうゆう》という大名でな、奏者番《そうしゃばん》を務めている」

「奏者番か……物入りになりがちな役だな」

　大名を将軍に取り次ぐ役である奏者番は、その仕事柄、大名から尊重される。大名同士のつきあいも盛んになり、着物まで派手になっていくことも珍しくない。

「金森殿はもともと詩歌や書画などを好むお人らしい。吉宗公の頃に奏者番となったのだが、大名づきあいが増えてからは、ますます風雅の道にのめり込んでいるという噂だ。国の城に天文台を作った、という話も聞いたぞ」

「天文台……金がかかったであろうに」加門は腕を組む。

「訴状の中にも書かれていたな、郡上は山のなかゆえ平地が少なく、田畑も狭い、そこに鹿や猪《しし》などが出て作物を荒らすため、百姓は皆、困窮している、と」

「ふうむ、そうなのか」意次が眉を寄せる。

「そもそも金森家はもともと治めていた飛騨《ひだ》から上山《かみのやま》に転封《てんぽう》を命ぜられ、さらに郡上に移されたのだ。転封は金がかかるゆえ、すでに豊かではなくなっていたはず。そこに、江戸の上屋敷が火事で焼けているのだ。それは先代藩主のときなのだが、焼けたために再建したところ、またすぐに焼けてしまったそうだ」

「なんと、続けてか、不運だな」

「ああ、そこでもう資金もなくなったのだろう、先代藩主は屋敷の再建はあきらめて、中屋敷や下屋敷を使っていたらしい」

「まあ、見栄さえ捨てれば、それでやり過ごせるであろうな」

加門の言葉に、意次が首を振った。

「いや、そこだ。そのあと、金森兵部が藩主を継いで、上屋敷を再建したそうだ。さらに大名方を招いて能などを見せるため、手を加えていったらしい」

なんと、と加門は口を開く。

「それではますます金が入り用となるばかり……いや、それゆえに年貢を増やそうとしたのか」

「ううむ、その辺はまだわからんがな。まあ、藩主になりたての頃は、政《まつりごと》にも意欲を見せたらしいのだ。吉宗公を倣《なら》って、城下に目安箱を置いたという話もある」

「ふうむ、そういえば吉宗公は天文にもご興味をお持ちだったな。天文台もそれに倣ったのかもしれないぞ。話を合わせれば、かわいがられるであろうし」

「うむ、ありえなくはない」

意次が頷く。

「これは……」加門は唇を噛んだ。

「丹念に調べたほうがよいのかもしれないな」

「そうさな、駕籠訴をした百姓らが嘘を言っているのでなければ、郡代の側をもっと調べなければならん。百姓らには前に会ったのだろう」

「ああ、だが、真意を測れるほど言葉を交わしたわけではない。改めて宿を訪ねて、話しをしてみるつもりだ」

「そうか、なれば、また知らせてくれ」

「はっ」

低頭する加門に、

「畏《かしこ》まるのはよせ」意次が笑って手を振る。「それより菓子でも食おうではないか。そうだ、たくさんあるから草助や鈴ちゃんにも持って帰ってくれ」

箱を引き寄せると、蓋《ふた》を開ける。色とりどりの雅《みやび》な干菓子《ひがし》が、そこに並んでいた。

「やあ、これはありがたい、子らは喜ぶ」

懐から懐紙を出して広げる加門に、意次も笑みを返す。

「そういえば、うちの龍助《りゅうのすけ》と草助は、道場ですっかり仲良くなったようだな」

「ああ、草助も龍助とあれをしたこれをした、とよく話しているぞ。帰り道はよく道草もしているらしい。昔の我らを思い出すな」

「うむ、仲良くなってくれてよかった。なんでも話せる友は宝だからな、さっ、もっと持って行け」

意次は干菓子をつかむと、加門の持つ懐紙に盛る。ぽろりと畳に落ちた一つを口に運んで、加門は「うまい」と目を細めた。

秩父屋に近づいて行くと、加門はその足を緩めた。暖簾の内から、よく響く聞き覚えのある声が聞こえてきたからだ。

「少し話しをするくらい、かまわぬであろう」

馬場文耕の声だ。それに主の半七が返す。

「いいえ、だめです。訴人は御公儀からお預かりしているのです。縁のない人に会わせるわけにはいきません。お引き取りを」

「半刻《はんとき》（一時間）でよいのだ、それくらい会ったとて、お上《かみ》にわかりはすまい。そなたは知らぬことにしておけばよい」

「知ってしまったのに、知らぬふりはできませんな」

加門は暖簾を持ち上げた。

「ごめん、失礼を……」

その声に、土間で向き合っていた二人がこちらを見た。

「おお、これは、このあいだの小役人殿ではないか」

文耕が向きを変えたのをいいことに、半七がその背中を押す。

「さ、お客人ですので、お引き取りを」

文耕はしぶしぶ外へと出ながらも、加門を振り返る。加門は目顔で会釈をして、背を向けた。

半七が胸の前で手を揉み、頭を下げる。

「いやいや、良仙先生から聞きました、御公儀の上からのお役目だそうで、先日は御無礼を」

「いえ、よいのです、で、わたしも文耕殿と同じ用向きなのですが」

「ああ、はい、吟味のためのお調べとあらば、さ、どうぞ」

半七が上がりながら、加門を誘う。

「ちょっと、先に話を通してきましょう」

そう言って、半七は階段を早足で上がって行った。

さて、と加門は息を吸う。果たして、百姓衆は以前に会った者だとわかるだろうか……。老中酒井の屋敷前で会ってからすでに四箇月《よんかげつ》が過ぎている。一度会っただけであれば、覚えていないほうが普通だ。が……。

「お役人様、お上がりください」

上からの声に、加門は階段を上る。

半七は一番の奥の部屋へと案内すると、小さく腰を折った。

「本来、あたしも立ち会うべきなのですが、今日もなにかと忙しく……」

「ああ、どうぞ、行ってください。少し話を聞くだけですから」

そうですか、では、と半七は去って行く。

加門は座敷に入ると、畏《かしこ》まって正座する五人と向かい合った。

「ああ、どうぞ楽に。調べではなく、少し話を聞きたいだけなのです。間違いのない吟味をするためですから、ご安心ください」

百姓五人は皆、硬い面持ちで加門を見つめる。加門も順にそれぞれを見た。五人の名などは良仙に聞いていた。

定次郎と喜四郎の顔は知っている。真ん中にいる年長の者が善右衛門《ぜんえもん》、その横が藤吉《とうきち》、そしてとなりの最も若いのが長助《ちょうすけ》に違いない。老中の駕籠に真っ先に飛び込んだ弁次郎はいない。逃げたのだろうか……。加門は腹に力を込めて、五人を見た。

「お国では宝暦四年から、騒動が続いているということですが、はじまりはいつだったのですか」

加門の問いに、定次郎が背筋を伸ばした。

「お役人様、もしかしたら、以前に酒井様のお屋敷前で会ったお方じゃねえですかい。わしらを助けてくれた、あの……」

加門はぐっと息を呑む。覚えていたか……。

「ええ、そうです。あの折は、たまたま行き会わせただけですが。わたしは……内密の役目ゆえ家名は明かせないのですが、加門、と呼んでください」

「へえ、では、加門様、あのときに足軽を指揮していた男を覚えてますじゃろうか」

「ええ、覚えています、黒崎佐一右衛門という名だと言っていましたね。郡上の藩士なのですか」

「いんや」

五人が首を振り、喜四郎が言葉を継いだ。

「黒崎は藩に雇われたもんだがね。検地の上手《じょうず》じゃと、まあ、それはあとで知ったことじゃったが」

「あの男が村をまわったんが、はじまりじゃった」

善右衛門の言葉に、定次郎が頷く。

「藩の役人が村をまわって、田畑を調べて歩くのはいつものことじゃったが、去年はそれに黒崎が付いて来よりました。で、村のもんはすぐにいつもと違うことに気がつきましたで。こまかく、隅から隅まで測る、おまけに……」

定次郎は口を結ぶと、加門を見た。

腑に落ちた加門は、頷く。

「切添田《きりぞえだ》も見つけたのですか」

切添田は藩に把握されている田とは別に切り拓《ひら》くものだ。年貢をかけられることはなく、隠し田とも呼ばれている。

「御公儀のお役人様には言いにくいことじゃども」

顔を歪める定次郎に、加門は小さく首を振った。

「わたしは勘定奉行所の者ではないので安心してください。それに、わたしもあちこちの村を歩きました。隠し田のない村はないと言ってもいい」

だからこそ、勘定奉行はそこに目を付けたに違いない……。加門は改めて思った。享保《きょうほう》の頃、勘定奉行の神尾春央《かんおはるひで》は老中首座松平乗邑《まつだいらのりさと》の命《めい》を受けて年貢の増収を図り、徹底的に検地をする検見取を取り入れたのだ。

「あの黒崎っちゅうもんは、切添田を見つけるのがうまぁで、行く先々の村で見つけ出しては測ったんだがね。皆、すぐにこれはだちかん、と気がつきましたで」

「だちかん、とは……」

「いかん、ちゅうことだがね。そもそも、国はその前に、お国のためじゃちゅうて、わしらから金を搾り取っておったっちゅうに。家ごとに金を出さねばならんことなって、貧しい百姓はよそから借金をして払ったがね。だもんで、次はなにを言い出すかちゅうて、わしらは役人の出方に気をつけておったがね」

「なるほど、で、役人の意図に気づいたわけですね」

「そうだがね。そいであっという間に、村から村へと伝わっていったんだがね」

長助が拳《こぶし》を握ると、定次郎が頷いた。

「これは国家老が約束を破って、検見取に変えるつもりじゃと、わしらにはすぐにわかりましたで」

「へえ」喜四郎が、身を乗り出す。

「切添田まで暴かれて、そこからも年貢を取る検見取になったら、わしらは生きていけん。だからこそ、百姓らが集まって、城に強訴したんだがね。国中の村から多くの百姓が集まったんで、国家老様は定免法は変えん、と印可状《いんかじよう》まで出したっちゅうのに」

「なるほど、にもかかわらず、美濃郡代から検見法に従えと命《めい》が下されて、また騒動になったわけですね」

頷く加門に、五人も頷き返す。

「やりかたが汚え」

長助のつぶやきに、定次郎は両の拳を握る。

「こっそり黒崎を雇ったり、美濃郡代を使ったり、わしらを欺くようなことばかりをするもんじゃで、誰も藩の役人の言うことは信用せんようになりましたがね」

なるほど、と加門は腕を組む。

「その黒崎は国許《くにもと》で雇われたのですか」

「いや、それが」喜四郎が小首を傾げる。

「はじめ、わしらもそう思っとりました。大方、国家老が検見取を目論《もくろ》んで、雇ったんじゃろうと。じゃが、黒崎は百姓衆が強訴のために集まったとたん、国から逃げ出したんだがね。そんときは、せいせいしたと思ったんじゃが」

「へえ、それが」定次郎がつなげる。

「美濃郡代の命《めい》を受けてから、百姓四十人が江戸藩邸のお殿様に訴えに来たところ、黒崎がその屋敷にいたっちゅうんで、たまげたんで」

「ほう、では、江戸藩邸のほうで雇ったということですか」

「そうかもしれんが……どのみち、未だにいるっちゅうことは、この先の検見取のためにちげえねえです、国はあくまでもやるつもりだっちゅうことでしょう」

「なるほど」

加門は頷きつつ、背後の襖に気を集中した。少し前から、廊下に人の気配がすることに気づいていた。歩くわけではない、じっととどまっている気配だ。

加門は腕を伸ばすと、いきなり襖を開けた。

「誰だ」

「おっとぉ」

廊下で仰《の》け反《ぞ》ったのは、馬場文耕だ。

「いやいや」文耕は悪びれることなく立ち上がると、大きな声を放った。

「皆の話、聞きましたぞ。なんとも非道な話ではないか。国のやりようは理不尽、無体、筋が通らないにもほどがある。この馬場文耕、その悪政を本に書き、講釈し、世に広めてやろうではないか」

五人は驚きに目を見開いて、文耕を見上げている。加門もその顔を下から見る。おそらく裏口から忍び込み、廊下に潜んでいたに違いない
文耕は腕を振り上げる。

「この文耕、悪事は放っておけぬ質《たち》、大名であろうが、藩主であろうが、非道は非道と……」

その声を別の声が遮った。

「馬場様、困ります」足音を立ててやって来たのは主の半七だ。

「さ、お引き取りください」

「なにがいけない。小役人殿には話しをさせたのにわたしに聞かせないとは、世の損

失ですぞ。わたしが聞いたほうが、よほど役に立つというに」

「そのようなご無体をおっしゃらず、さ」

二人のやりとりに苦笑しながら、加門は立ち上がった。

「わたしはこれで失礼します」

「ああ、これは御無礼を」半七は加門に頭を下げる。

「聞きましたか、馬場様、ささ、お引き取りを」

背中を押された文耕は、むっとして歩き出す。

加門は部屋の五人に向くと、「邪魔をしました」そう言って会釈をし、「あ」と顔を上げた。

「そういえば、弁次郎さんはどうされたのですか」

へえ、と定次郎が見上げる。

「土地を持たない水呑百姓《みずのみびゃくしょう》は訴人にはなれぬ、と言われましたで。弁次郎はわしらのことを伝えに、国に戻りましたがね」

逃げたのではないのか……。加門は「そうでしたか」と頷くと、そっと襖を閉めた。

四

「なるほど、ではその五人は嘘をつくような者らではないのだな」

大岡忠光が腕を組んだ。意次に目通りを願うと、忠光もやって来たのだ。

「それほどはっきりと言うのであれば、青木郡代のことは確かだな」

意次も顎を撫でる。

加門は二人を交互に見た。

「わたしも国の役人らがしたことでは、と考えていたのですが、徴税法の変更に関しては、江戸藩邸も絡んでいるようです。江戸藩邸といっても、上がどこまで関わっているのか……江戸家老や藩主も知ってのことなのかどうかは、わかりませんが」

ふうむ、と忠光が眉を寄せる。

「実は、調べたところ、郡上藩主の金森兵部殿は、政に熱心であるのか無頓着であるのか、よくわからぬのだ。だが、権勢に無欲というわけではないようでな、老中の本《ほん》多《だ》様と親しくてな、義理の兄弟になるはずだったらしい。本多様の妹御《いもうとご》が金森兵部の許嫁《いいなずけ》だったそうだ。もっとも、妹御は婚礼を上げる前に亡くなったそうだが」

「なるほど、老中と縁戚なれば、大名としてさらなる出世も望める、と」

意次が頷く。

「加門」忠光が、見据えた。

「そなた、金森兵部のようすも探ってくれ。なに、どのような暮らしぶりをしているのか、誰と親しいのか、そんなことでよい。あとはおいおい意次と話し合って、進めていけばよい」

「はっ」と加門は低頭して、鷹揚《おうよう》な忠光の顔を見返した。

忠光は宝暦元年に加増を受け、大名となっている。家重の信頼はことのほか篤《あつ》く、いずれは老中にと約束もされている。ついで、信頼が篤いのが意次だ。去年、意次もやはり加増され、五千石になっている。

意次も片目を細める。

「上様からはこの件、任せると言われているのだ。随時、上様にはお伝えするが、御下命を受けずとも動いてよいことになっている」

「はっ、承知」

畏まった加門に微笑を向けて、うむ、と忠光は立ち上がった。

「そなたらに任せておけば安心だ。頼んだぞ」

出て行く忠光に礼をして、二人は向き直る。

「さて」と意次は目元を弛ませる。

「次はどうする、わたしにもできることがあったら言ってくれ」

いや、と加門は首を振った。

「黒崎佐一右衛門のことも調べたいから、江戸藩邸を探ってみようと思う。金森藩主も調べるとなれば、ちょうどいい。屋敷に忍び込んでみよう」

「おいおい、気をつけろよ」

目を見開く意次に、加門は「ああ」と笑って見せた。

股引《ももひき》姿に法被《はっぴ》を羽織り、加門は植木鋏《うえきばさみ》の入った道具箱を抱えていた。芝《しば》にある郡上藩上屋敷の塀をまわり込んで、裏口に立つ。ちょうど戸が開き、釣り竿を手にした二人の藩士が出て来た。加門は会釈をすると、その戸をくぐる。大きな屋敷には常に植木職人が出入りしているため、誰も気に留める者はいない。

加門は屋敷の裏をゆっくりと歩いた。奥にあたり、藩主の一家が暮らす場所だ。庭に面した縁側では、奥方らしき女と十代と見える娘、そして息子が談笑している。

加門はつつじの茂みのうしろにしゃがむと、枝のあいだから屋敷を窺いつつ、草をむしった。折しも六月、さまざまな草が伸びている。

手を止めて、屋敷を遠目で眺め渡す。立派な造りだな、と胸中でつぶやいた。これでは金が足りなくなっても不思議はない……。

加門の耳が立った。聞こえていた談笑がやんだのだ。

枝の隙間から覗くと、奥から出て来た男を、皆が見上げている。

「殿、お出かけでございますか」

「うむ、前田《まえだ》様からお招きを受けているのでな」

あれが金森兵部だな……。加門は覗き見ながら、耳を澄ませる。

「父上、支度が調いました」

奥からも若い男が現れた。兵部はその姿を上から下まで眺め、

「ふむ、よいだろう」と、頷く。

「よい機会ゆえ、そなたを引き合わせる。ほかにもよい縁が生まれるかもしれぬぞ。皆も待っておれ」

見上げる娘と息子に笑いかける。

「まあ、楽しみですこと。行ってらっしゃいませ」

奥方が手をつくと、「ああ」と兵部は背を向けて、姿を消した。

奥の見える場所から、加門は横へと移動した。

南向きに廊下が延びており、その下には庭が広がっている。砂の敷き詰められた庭には、横長の大きな露台《ろだい》が設《しつら》えられている。上段と下段の二段構えで、遠目でも檜《ひのき》造《づく》りであることが察せられた。まだ、木は古びていない。

木陰からそれを覗き込んでいた加門は、はっと息を止めた。人の気配を察したのだ。しまった……。加門は横目で右を見る。こちらに歩いて来るのは法被姿の男だ。手には植木鋏を持っている。

まずいな……。加門は手を握りしめる。

男は間近に来て、止まった。

「おい、そんなとこでなにをしている」

どうする……。加門は唾を呑み込みながら、思い切って立ち上がった。道具箱を抱えると、ゆっくりとそちらに寄って行く。男は眉を寄せて、顎を上げる。

「見ねえ顔だな、この屋敷はうち以外の出入りはねえはずだが」

三十くらいか、顔は日に焼けて黒い。が、その目は穏やかだ。

よし、と加門は腹に力を込める。と、つかつかと歩み寄った。相手はひるんだように、半歩、下がる。加門は前で立ち止まると、首を伸ばして耳元にささやいた。

「すまない、実は植木屋ではないんだ」

へ、と見開いた目で見る男の法被の襟元には、松屋《まつや》と白く抜かれている。

「松屋さんというのか」

加門の小声に、

「おう、おれは松屋の三代目竹蔵《たけぞう》よ。で、おまえさん、植木屋でなきゃなんだってぇんだい」

そう胸を張る。

「これは内密に頼む、御用なのだ」

そう言ってまっすぐに見つめる加門に、竹蔵は「御用」とつぶやいて胸を反らせた。

「えっ、ってぇことはなにかい、あんた、隠密ってやつなのかい……、ああいや、ならお武家か、あんたはねえな」

「いや、かまわない、今は植木屋だ」加門はにっと笑う。

「まあ、そんなようなことで、少し知りたいことがあるんだ」

庭の隅に向かって歩き出す加門に、竹蔵も並ぶ。

「へい、なんだい、おれは十四の頃から、親父についてこのお屋敷に来てるんだ、大体のことはわかるぜ。それに口は固いからな、安心してくれ」

そう胸を叩くと、「隠密かぁ」と目を細めて加門を見た。加門は小声で問う。

「この屋敷に、国許から百姓衆が殿様に訴えに来たことがある、と聞いたんだが」

「ああ、来た来た、四十人ばかりも押しかけてきたんだ。けど、殴る蹴るされながら、牢にぶち込まれてな、ありゃぁ、見ててかわいそうだった」

「牢があるのか」

「ああ、まぁ、そいつはおれも知らなかったんだけどよ」

竹蔵は肩をすくめる。

木の陰に入って立ち止まると、加門は表門につながる長屋のほうを見た。

「竹蔵さんはこの屋敷にいる黒崎佐一右衛門という男を知っているか。藩士ではなく浪人らしいんだが」

黒崎、と口を動かして、

「知らねえな」と竹蔵は首を振った。

「ちょっと待っててくれ、知ってそうな男を連れて来るよ」

竹蔵は長屋へと走って行く。と、すぐに年配の中間《ちゅうげん》を連れて戻って来た。

「源三郎《げんざぶろう》さんってえんだ。このお屋敷に三十年以上いるから、なんでも知ってるぜ、な、源さんなら黒崎佐一なんとかってぇ男、知ってるだろ」

「ああ、あのお人か」

頷く源三郎に、加門は首を伸ばす。

「黒崎という男はここで雇われたんですかい」

「ああ、そのようだよ。検地の上手《じょうず》ってぇ評判なんだろう、殿の側用人の宇都宮《うつのみや》様がどっかから引っ張ってきたようだよ」

「ああ、ほら」竹蔵が屋敷の廊下を指さしてささやく。

「あれが宇都宮東馬《とうま》様だ。殿の御用をなにかと任されているのさ」

急ぎ足で廊下を行く男は四十前くらいか。

「けどよ」源三郎が続ける。

「黒崎さんはすぐにいなくなっちまったね。なんでも郡上へ行かされたって話だ。そいでしばらくしたら戻って来たんだ。中間《ちゅうげん》仲間の話じゃ、あの男は元は常陸《ひたち》の百姓だったたって聞いたがな」

「百姓、そうなのかい」

驚く竹蔵に、源三郎は頷く。

「ああ、だから隠し田を見つけるのがうまいんだとさ。それが重宝《ちょうほう》されて、あちこちの藩で雇われてきたらしい。で、どっかの藩で、百姓を抑えるのに都合がいいから侍にしようってんで、武士身分を与えたそうだ」

「そうだったのか」加門は顎を上げた。

「で、今もここにいると聞いたのだが」

「ああ、戻って来てからは、郡上から来る百姓を見張ったり脅したり、ってのをさせられてたようだね。ほかにすることがないから、ただ飯を食わせるのがもったいない、ってえことだろうがね。なにもないときには、ぶらぶらしているな」

「なるほど」加門はぺこりと頭を下げた。

「いや、手間を取らせた、礼を言います」

「なあに、もういいなら戻るよ」

源三郎は長屋へと帰って行く。

「どうでえ」

胸を張る竹蔵に、加門は頭を下げ直す。

「助かった、さすが三代目だ」

加門の言葉に、竹蔵はへへへと笑う。

「ほかはいいのかい。おれから聞いたのを内緒にしてくれれば、なんでも話すぜ」

「そうだな、お殿様の暮らしぶりはどうだ。さっき見たら、奥方も子供らもよさそうな着物を着てたが」

「ああ、しょっちゅう呉服屋が来てるよ。けど、一番いい着物を着てるのはお殿様だな、やっぱし。それと、奥方じゃないぜ、御側室さ」

「そうなのか」

「ああ、奥方になるはずだったお人はずいぶん前に、病で死んだってえ話だ」

へえ、といいつつ、加門は小首を傾げる。たとえ正室が死去したとしても、大名家なら継室《けいしつ》をとるのが普通だ。ましてや婚礼前に亡くなったのなら、誰にも憚《はばか》ることはないはずだが……。

竹蔵がそっと顔を寄せる。

「ここの側室は一人じゃないぜ、二人いるんだ。仲が悪いから、滅多に顔を合わせねえみてえだけどよ。それに国許にも何人かいるって聞いてるぜ、だから子供も多いんだとよ」

「へえ、さすが、出入りが長いとくわしいものだ。ああ、そういえば、あれはなんだか知っているか。さほど古くないようだが」

加門は露台を指で示す。

「ああ、あれか、あれは物見台《ものみだい》さ。庭で舞を舞ったり、音曲をやったりするときに、あっこから見物できるように、お殿様が造ったんだ。おれは見たことねえけどよ、宴のときには緋毛氈《ひもうせん》の上に大名方が並んで、そりゃたいそうな華々しさだそうだぜ」

「ほう、そうなのか」加門は目を瞠《みは》りつつも、懐に手を入れた。

「いや、いろいろ聞けてありがたかった、礼をせねば」

財布を取り出すと、竹蔵は手を振った。

「よせやい、礼を目当てにしたんじゃねえや。あんた、あれだろ、百姓が駕籠訴をしたってんで、動いてるんだろう。町中、噂が流れたから知ってるぜ。おれは百姓衆が気の毒だから、ちょいと加勢したかっただけさ」

竹蔵はにっと笑って、加門の肩を叩く。

「隠密の旦那と話すなんて、二度とないかもしれないしな。おっと、誰にも言わねえから安心してくれ」

「ああ、ありがとう」

加門も肩を叩き返すと、下に置いていた道具箱を抱えた。

裏口へと歩きながら振り向くと、竹蔵も振り返り、にやりと笑って首を振った。

江戸城本丸。

加門は奏者番の詰所を庭から見上げていた。

箒《ほうき》を持って掃きながら、ゆっくりと辺りをまわる。

おっ、と加門は向きを変える。金森兵部が出て来たのだ。

そろそろ重臣が下城する時刻だ。

兵部はそっと廊下を進み、老中の部屋へと向かっている。加門もゆっくりと庭を進んだ。

兵部は廊下の端に佇《たたず》んでいる。待ち人が出て来るのを待っているのだろう。

やがて、奥から裃姿《かみしもすがた》が現れた。老中本多伯耆守正珍《ほうきのかみまさよし》だ。

「兄上」

そう呼びかけて、兵部が本多正珍に寄って行く。

「明日、お屋敷に伺ってもよろしいでしょうか。よい絵が手に入ったので、お持ちしようかと」

「ほう、さようか。では、夕刻、参るがよい、共に膳を摂ろうではないか。こちらもよい酒をもらってな」

「おう、それは楽しみです」

二人の笑い声が庭に落ちてくる。

箒を動かしながら、加門は「なるほど」と、声を飲み込んだ。

側室しか持たぬのは、本多正珍の妹を亡き今も正室扱いするためだったに違いない。そうすれば、老中本多とは義兄弟のままでいられる。老中の弟となれば、城中での権勢も絶大だ。そういうことであったか……。

加門は箒を持つ手を止めると、意次のいる中奥へと向かって歩き出した。

第二章　暴挙、許さじ

一

秩父屋の暖簾《のれん》をくぐると、加門は、

「半七さんはおられようか」

出て来た手代に、そう問いかけた。

「はい、おりますよ、どうぞ」横の部屋の襖《ふすま》が開き、半七が顔を覗かせる。

「今日は郡代屋敷に行かねばなりませんが、まだ半刻ほどありますから」

「では、邪魔をします」

その部屋に入って行くと、加門は正座で向き合った。

「半七さんに尋ねたかったことがあるのです」

「はあ、なんでしょう」

改まる半七に、加門は抑えた声で問うた。

「駕籠訴《かごそ》をする相手を酒井様にしたのは、半七さんが決めたのですか」

「ああ、それですか」半七は上を向く。

「そうですね、まず、老中首座の堀田《ほった》様はいけません。堀田様は佐倉《さくら》の藩主ですから、百姓の直訴となると平静を失いかねない、と思いましたので」

「なるほど」

加門は頷《うなず》いて、頭の中の記憶を手繰《たぐ》った。

三代将軍家光《いえみつ》の時代、佐倉で圧政に耐えかねた百姓が、直訴を決行したことがあった。藩主の堀田正信《まさのぶ》は直訴をした宗五郎《そうごろう》を磔《はりつけ》にし、幼い子供までを含む一家全員を同じく処刑したのである。堀田はその後、別の不届きも重なり、転封となって、佐倉から追われた。その騒動は世に広く知られ、宗五郎の怨霊話まで広まった。ために、堀田家では宗五郎の霊を祀る小さなお堂を造ったとされる。

その後、佐倉藩主はいくどか変わったが、この老中堀田正亮《まさすけ》が、再び藩主として佐倉に戻ったのである。が、百年が経った今でも、堀田家の庭には宗五郎を祀るお堂が引き継がれているという。

「それに堀田様は本多様と親しくされているとか。その本多様は、藩主の金森様と縁戚になるはずだったと聞いております。それを踏まえれば本多様は埒外《らちがい》ですが、親しいお方もふさわしくはありませんな」

「それはそうですね」

「では、老中の西尾《にしお》様はどうか、となると、ご高齢であられるゆえ、面倒な吟味を果たしてお取り上げくださるかどうか」

「なるほど、となると、あとは酒井様か松平《まつだいら》様になるわけですね」

「はい、そのとおりで。あたしどもはどちら様がよいか迷ったのですが、酒井様は出《で》羽庄内《わしょうない》のお生まれと聞いております。格式高い松平様よりも、百姓の心情がわかるのでは、と考えました次第で」

　穏やかに首を振る半七を、加門はまじまじと見た。

「いろいろなことをよくご存じですね」

「はい、それはまあ。日々、町奉行所や勘定奉行所、郡代屋敷、ときには評定所《ひょうじょうしょ》にまで通っておりますから、多くのことを耳にいたしますんで」

「そうでしたか、いや、酒井様を選んだのはよい判断だと思いまして、なにゆえかと聞いてみたかったのです」

などできません」
「はあ、それは公事師としてはあたりまえのこと。そうでなければ、公事に勝つこと

身体を揺らして、半七は微笑む。

「しかし」加門は小さく顔を傾けた。

「止めはしなかったのですか。駕籠訴は禁じられておりますし、下手《へた》をすれば死罪にもなりかねない」

駕籠訴は御法度とされている。が、駕籠訴をするほどの騒動は、領主など支配者の不届きが元にあることが多い。そのため、表向きは禁じながら、公儀はある程度黙認しているのだ。が、訴状は取り上げられても、死罪の沙汰《さた》が下るのはめずらしいことではない。

「はい」半七は真顔になる。

「それはもちろん、言いましたですよ。ですが、駕籠訴を決めたお人というのは、すでに死罪を覚悟しているものです。郡上のお人らもそうでした。そうなれば、公事師としては御手伝いするしかありません」

半七はきっぱりと言う。

加門はその力強さの底を知りたくなった。

「半七さんは、なにゆえに公事師になろうと思ったのですか」

「ああ、それは簡単。あたしは秩父の百姓の生まれでして、子供の頃に、村が公事を起こしたんです。毎晩のように家に皆が集まって、ああだこうだと相談をしていた。それは真剣な顔でした。あたしは話を聞いていて面白いと思ったんですよ」

「へえ、難しい話が面白いとは、利発な子供だったんですね」

「はい」半七は照れることなく頷く。

「お父《と》っさまからも頭の出来だけは褒められまして、寺に通わせてもらって字を教わりました。そのうちに江戸には公事師というのがいると知って、あたしは迷わずになろうと決めたんですよ。で、江戸の公事宿で働かせてもらったわけです。まあ、それからは大変でしたが」

公事師に身分の縛りはない。武士でも町人でもなれる。が、それなりの学問や頭がなければ務まらない仕事だ。

「大したものです」

加門は心底、感心する。

「なんの、あたしは同じ百姓衆を助けたいだけです。こういうおつむをもらったのだから、役立てなければ罰《ばち》が当たりますからね」

ほっほっ、と笑う。加門は苦笑が出る。

「いや、仕事を選べるというのも羨《うらや》ましい。親の跡を継ぐしかない役人と比べたら、なんともよい生き方です」

いやいや、と手を振る半七に、廊下から手代の声がかかった。

「旦那様、お客なんですが、郡上のお人で」

ほう、と半七は立ち上がり、「ちょっと失礼を」と出て行く。

加門は身体をずらし、土間から聞こえてくるやりとりに耳を澄ませた。

「この宿に郡上から来た百姓らがお預かりになっていると聞いたんじゃが、会わせてくりょまいか」

「お身内ですかな」

「いや……わしは百姓ではなく、杉本左近《すぎもとさこん》というて、郡上の奥の石徹白《いとしろ》から来た社人《しゃじん》なんじゃが」

「社人、とは」

「白山中居権現《はくさんちゅうきょごんげん》に仕える神職じゃで。お百姓らに聞きたいことがあって、訪ねて来たんだがね、喜四郎さんを知っとりますで」

「そうでしたか、ですが、評定所からお預かりのお人ですから、あたしの一存で会わせることはできないんですよ」

「いや、そこをなんとかならんじゃろうか……少しでいいんじゃが」

「そう言われましても……」半七の声が低くなる。

「まあ、このあと、皆さん、お湯屋に行かれますから、外でばったり会うぶんには、あたしも止めることはできませんが」

しばしの無音のあと、左近の声がした。

「おおきに」

それに半七がつぶやく。

「ああ、お湯屋は左の角を曲がってまっすぐ、という場所で」

左近の声がもう一度「おおきに」と返して、足音が土間から出て行った。

半七の足音が階段を上って行く。

まもなく、五人が下りて来るのがわかった。

外へ出て行くのを待って、加門も部屋から出た。

「わたしもこれで失礼します」

半七に言うと、したり顔で頷いた。

加門は五人が出て行くのを見送って、あとからそっと付けた。

五人が左の角を曲がると、その先で待っていた杉本左近が近寄って行った。

半七に訊いていたらしく、すぐに話しはじめる。

話しながら歩き出すと、しばらくして木々の茂った稲荷の境内に入って行った。

加門もそっと入り、木陰から耳を澄ませる。

「そいじゃ、ちゃんと吟味はしてもらっているっちゅうわけじゃね」

左近の言葉に定次郎が返す。

「ああ、じゃが、近頃はお呼び出しもないし、吟味が進んでいるのかどうか、まったくわからんがね。田植えは終わったはずだし、この先は田んぼが忙しいのに、村のことが心配でならんで」

「ああ、無理もない……じゃが吟味にかけてもらえているんなら、ありがたいことだがね」

左近の高ぶった声に、喜四郎が問いかける。

「石徹白の衆も、駕籠訴をやるのかね」

「ああ、そう考えとる。じゃもんで、おまさんらに確かめに来たんだがね。吟味をしてもらえるっちゅうなら、こっちもやるだけだいね」

駕籠訴、と加門は喉《のど》の奥でつぶやく。一体、どのようなことで……。

加門はふっと息を吸うと、木陰から進み出た。六人の目が見開いて、こちらを見る。

加門はゆっくりと歩み寄りながら、

「駕籠訴をするのですか」

と、左近を見た。狼狽する左近に喜四郎が、

「このお人は大丈夫じゃ。加門様というて……」

説明をする。緊張を緩めた左近に、加門は近寄った。

「どのようなことを訴えるのか、改めてくわしく話を聞かせてもらえますか。宿に伺いますから」

定次郎が、

「大丈夫じゃろう、わしらもいろいろと話したで」

と言うと、左近は加門に向き直った。

「なら、来てくりょ。わしは上野《うえの》の上州屋《じょうしゅうや》っちゅう宿におりますで」

「では近々、伺います」

加門は小さく腰を折った。

二

数日後。

神田橋御門の前で、加門は陽に背を向けて立っていた。七月もまもなく終わりだというのに、日差しはまだ強い。手拭《てぬぐい》で汗を拭う加門に、御門から出た足音が駆け寄って来た。意次だ。

「すまん、待ったか」

「いや」と加門は笑みを見せる。

「さっき来たところだ。上様のお許しは出たのか」

歩き出しながら、小声で交わし合う。

「お許しどころか、郡上藩にほかにも騒動があるのであれば、そなたも聞いて参れ、と命じられた。お役目だ」

意次は胸を張って笑みを見せる。

「そうか、それはよかった。わたしもいろいろ調べたり、寺社奉行所の役人に訊いたりしたのだがな、社人というのは……」

加門は説明する。

社人は神領に暮らす人々で、そこに祀られている八幡社や稲荷社、権現社に仕えるのが役目だ。神職であるため名字帯刀が許され、年貢を納める必要はない。白山中居権現は、白山権現《はくさんごんげん》の子社であり、石徹白村に古くから祀られている社《やしろ》だ。

「石徹白は白山権現を参詣する人々が、よく通る道だそうだ。郡上藩の端で、山の中らしい」

「ほう、そうなのか、社人とはわたしも知らなかったな」

すでに上野の町に入った二人は辺りを見まわした。

「ああ、あそこだ」

加門が指をさす先に上州屋の文字が見える。

杉本左近の名を告げると、すぐに部屋に通された。

怪訝そうに意次を見上げる左近に、

「同じ役目の龍助《りゆうすけ》という者です」

意次の幼名を告げる。にこやかな意次の面持ちに、左近から肩の力が抜けるのがわかった。

さて、と加門は居住まいを正すと、左近を正面から見据えた。

「石徹白村と白山中居権現のことは少し調べました。訴えたいこととはなんですか」

「はい」左近も背筋を伸ばす。

「その権現様の神主は代々石徹白豊前《ぶぜん》という者が務めてきたんじゃが、宝暦になって、一年ごとの交代に変えたんです。村のことは社人の二十四人がなんでも話し合いで決めることになっておるもんで、それも皆で決めましたで」

「ほう、話し合いで決めるとは、よい方法ですね」

意次の言葉に、左近は頷きながらも顔をしかめる。

「じゃが、その石徹白豊前が、一昨年突然、自分がずっと神主を務めると言い出して、勝手に決まりを変えよりました。それ以来、皆の言うことにも耳を貸さん、どころか勝手に山の木を伐って売り払うようになったんで。山の木は村の物で、社殿の修理などのときにしか伐ることはせんっちゅうのが決め事になっとるというのに。おまけに豊前は、その売った金も全部、懐《ふところ》に入れよるで」

「それは、ずいぶんと横暴ですね」

加門のあきれた声に、左近は膝で進み出た。

「横暴なんてもんじゃないがね、わしらが抗議をしても逆に怒り出す始末で。じゃで、わしらは御城下に行って、寺社奉行に訴え出たんだがね。豊前の悪事を書き連ねた訴状まで出して。したが、一向にお取り上げくださらん。あとでわかったことじゃが、寺社奉行の根尾甚左衛門《ねおじんざえもん》は、豊前から金をつかまされておったんじゃ」

　ほう、と意次が眉を寄せる。

「では、木を売った金の一部は、その根尾甚左衛門に渡っていたということですな」

「そうだがね。じゃで、国じゃ埒が明かんちゅうことになって、江戸に来て、御公儀の寺社奉行本多長門守《ほんだながとのかみ》様に訴状を出したんだがね。じゃが、郡上のことじゃから藩主と話し合え、と訴状を突き返されました。で、上屋敷に呼び出されたんで」

「藩主と話したんですか」

「まっさか、金森様は出てきやしませんで。あのお殿様は、なんでも家臣に任せきりだがね。国のお人らは豊前に抱き込まれてるもんで、わしらの言い分なんか、聞いちゃくれません。おまけに豊前のほうも御公儀の寺社奉行様に訴状を出して、わしらを不届き者と逆に訴えましたで」

　左近がまた膝で前に出る。

「その訴えも国に戻されて、結局、郡上で沙汰が下されたんじゃが、それがもう……豊前の訴えはまっとうで、従わないわしらが不届き、とされましたがね」

　赤く上気した顔で、左近は咳《せ》き込む。

「ああ、茶をもらいましょう」

加門は手を叩き、やって来た女中に茶を頼んだ。

運ばれてきた茶を啜り、左近はほうと息をついた。

加門も茶を喉に流して、左近を見る。

「村では豊前に付く者と、抗する杉本殿に付く者とにわかれたのですか」

ええ、と左近は頷く。

「豊前の下について、えらそうに振る舞う者もいますで。わしら豊前に反対する者とは、もうよう口も利かん、どころか、喧嘩にもなっとりましたで」

ふうむ、と意次は腕を組む。

「で、負けたあなた方は、どうされたんですか」

「ええ、それが一等、訴えたいことで」左近は茶碗を置くと、また膝を進めた。

「わしらは追放になったがね。村の九十六軒、およそ五百人のもんが村から追い出されたがね」

「五百人」

加門と意次の声がそろう。そして意次が身を乗り出した。

「追放となると、その家は闕所《けっしょ》、家財も取り上げられたわけですか」

「ええ、一家全員、身一つで出されましたで」

「それは、無体な」

加門のつぶやきに左近は眉を吊り上げ、大きく頷く。

「あとから村を逃げ出したもんによると、豊前の一味は、空き家になった家の物を売れる物は売り、そうでない物は捨て、あげくに何軒かの家は壊して燃やしたというがね。おまけに、皆が飼っていた馬百二十頭を狭いところに押し込め、飼い葉もやらんかったせいで、ほとんどは餓死したっちゅうことじゃで」

「なんと、酷《むご》いことを」

顔をしかめる意次に、加門も眉を寄せた。

「その豊前という男、とても神職とは思えませんね、それどころか人の心を持っていないかのようだ」

「ああ、わしらもそう思うとるで。あん男は欲が強いだけじゃないがね。人をいたぶるのが楽しいんじゃとしか思えん」

怒りを顕わにした左近に、加門は頷く。

「それで駕籠訴を考えた、というわけですね」

「ええ、寺社奉行の本多様にもお取り上げいただけなかったんじゃから、もう駕籠訴しかない、とわしは思うとります。喜四郎さんらにもいろいろ話を聞いたで、腹は決まったがね」

加門と意次は顔を見合わせた。

止めることはできない、と互いの目顔で頷き合う。

「いや、話はよくわかりました」

加門が礼を言うと、左近は寄せていた身体を、少しうしろに引いた。

「加門様は御公儀のお役人と聞いとりますで。この話、上のお方にお伝えくださいｉ」

左近が畳に手をつく。

「わかりました、いや、役に立てるとは言い切れませんが、伝えますから」

「お願い申します」

さらに低頭して、左近はきっぱりを顔を上げた。

その力強い目に、加門と意次はそっと息を呑んだ。

出た宿を振り返って、意次が声を落とす。

「この話、わたしから上様にお伝えしておこう。しかし、寺社奉行も訴状を国へ戻すだけとは、お粗末な仕事だ」

「ああ、勘定奉行も百姓の訴えを取り上げていないしな。お奉行方はどういうおつもりなのだろう」

「うむ、このようなことだから、強訴や一揆がなくならないのだろうな」

上野を歩きながら、意次は前方に手を上げた。

「神田に寄りたいのだが、よいか」

「ああ、かまわん。なにか買うのか」

「ああ、本を探したいのだ。最近、出た本で、御公儀批判をしているものがあると聞いてな。上様と大岡忠光様を悪《あ》しざまに書いているというのだ」

「なんと」

驚く加門に、意次は口を曲げて頷く。

「その作者は上様と弟の宗武《むねたけ》様と宗尹《むねただ》様との対立も書いていて、上様のことを悪く、宗武、宗尹兄弟のことはすぐれた人物として記しているらしい。大岡忠光様も、権威を笠に無理を通している、と書いているようなのだ」

「なにを考えているのだ、その作者は」加門は拳を振り上げる。

「宗武、宗尹兄弟のことはしかたがないが、大岡様はまったくの的外れではないか。権威を振りかざすことなどないし、無欲で清廉《せいれん》なお方。それゆえに上様も信頼なさっているのだ」

「うむ、だが、そもそも上様を悪しく思っているのなら、その論法も通じまい」

「む、確かに……しかし、そのような話を読めば、鵜呑《うの》みにする者も出かねないではないか、とんでもないことだ。なんという本なのだ、わたしも探すぞ」

「本の題は『近代公実厳秘録《きんだいこうじつげんぴろく》』というそうだ。貸本で町方にも武士にも、けっこう読まれているらしい。作者は馬場文耕といったな」

「えっ、馬場文耕」

声を高めた加門を、意次が覗き込む。

「どうした、知っているのか」

「ああ、実はな……」

加門は会ったいきさつを話し出した。

「ほう、そうであったか。調べたりもするのだな」

「うむ、その辺は熱心であった。一応、すべてにおいて熱があるというか、声もでかいし、態度もでかい。自信がみなぎったような男だ」

「へえ、だから堂々と批判も書くのか。なんでも講釈もして、そこではもっと声高に悪口を言っているらしいが」

意次は話しながら辺りを見まわす。

「本を出している版元は神田にあるということだ、この辺の書肆《しょし》なら置いてあるかもしれん」

本が並べられた店を見つけ、そちらに向かう。

「おっ、あったぞ」

巻の一から五までが並んでいる。

「いらっしゃいまし」

出て来た店主に、意次は全部を持ち上げた。

「これをもらおう」

「へい、ありがとうございます」

金子《きんす》を掌《てのひら》で受け取り、店主は腰を曲げる。

意次は二冊を加門に手渡した。

「全部を一人で読むと時がかかるから、そなたも読んでみてくれ。一冊は大岡様にも渡さねばならん」

「うむ、承知。そんな内容ならば、読まねばな」

本を懐にしまう。

「さて」意次はまた辺りを見まわした。

「用は済んだ。せっかく町に出たのだ、ゆっくり飯でも食おうではないか」

笑顔になった意次が加門の肩を叩く。

「よし」加門も笑みを返して歩き出す。

「では、どじょうを食おう、暑さ負けが出てくるときだからな、精をつけようじゃないか」

「おう、よいな、屋敷ではどじょうが出ることはないからな」

二人は〈どぜう〉と書かれた暖簾を見つけ、ともに指をさした。

三

八月四日。

御庭番の詰所に、廊下から足音が響いた。

襖が勢いよく開く音に、加門は書物から顔を上げた。

飛び込んできたのは、吉川栄次郎《よしかわえいじろう》だ。

「聞いたか、また駕籠訴があったそうだ」

そこにいた数人も集まって来る。

「どなたの御駕籠だ」

「老中松平武元《たけちか》様だ」

「へえ、どこの者だ」

「それがな、また郡上の者だというのだ」

やはり杉本左近殿がやったか、と加門は唾を呑む。

「しかし」高橋《たかはし》が首をひねる。

「郡上の百姓は去年の冬に駕籠訴をしたばかりではないか」

「いや、それがこたびは別の者らしい。百姓ではなく、神職の者らしいのだ」

栄次郎の言葉には皆も首をひねる。

「神職が駕籠訴とは、なにがあったというのであろう」

「うむ、だが、続いて郡上からとは、郡上はどうなっておるのだ」

皆が言葉を交わすなか、加門はすっと立ち上がった。

「出て来ます」

加門の声に、皆は黙って頷く。御庭番は、受けている御下命を仲間内にでも話すことはない。誰がなにを探っているのか、わからなくても問うようなことをしないのが決まりだ。

加門は表に行くと奏者番の詰所を覗いた。

まだ暑さが残るため、襖はどこも開け放してある。奏者番二人がいるが、金森兵部の姿はない。ゆっくりと通り過ぎようとすると、なかからひそめた声が聞こえてきた。

「いや、金森殿ならうまく収められよう」

「そうさな、しっかりと身固めができておるからな」

「そうよ、ぬかりのないお方だ」

「しかし、それゆえの油断で、かような騒動が起きるておるのかもしれぬ」

失笑の混じった声だ。

「む、そうさな。油断は大敵、ということか」

「さよう、我らは身を慎まねば」

「うむ、無用の欲を持たぬようにな」

失笑が冷笑に変わる。

加門は足を戻すと、城を出た。

芝の郡上藩邸に着くと、加門は離れた場所から表門のようすを窺《うかが》った。

そこに小走りで、町のほうから若い藩士がやって来た。風呂敷包みを抱えて、息を切らせて脇戸から中へと入って行く。

しばらくすると、門が開いた。

現れたのは、駕籠と数人の家臣だ。

乗っているのは藩主の金森兵部に違いない。

駕籠の脇には、用人の宇都宮東馬が付いている。そのうしろの家臣は先ほど持ち込まれた風呂敷包みを抱えている。

一行は屋敷を離れ、城の方向へと進む。加門は間合いをとって、そのあとを付けた。

外濠《そとぼり》を渡って坂を上って行く。やがて駿河台《するがだい》の一角で一行は止まった。辺りには大名屋敷や旗本屋敷しかない。

すぐに門が開き、一行は中へと入って行った。

閉ざされた門を横目で見ながら、加門は前を通り過ぎる。

高名な重臣らの屋敷は頭に入っているが、ここはわからない。誰の屋敷だろう……。が、門番に聞くわけにはいかない。探られていることがわかってしまえば、この先に支障が出る。

加門は足を緩《ゆる》めると、背後から近づいて来る足音を待った。若い男が、野菜の入った籠《かご》を両手に、脇を通り過ぎた。しめた、毎日ここいらを通っているに違いない……。

「ああ、八百屋殿」

加門が呼び止めると、男は振り返った。

「へい、なんでしょう」

加門は斜めを後ろ目で示し、通り過ぎた門を指でさした。

「そこの屋敷は河田《かわだ》様の屋敷で間違いないだろうか。迷ったようではっきりとしないのだ。違っていたら恥をかくので、教えてもらいたいのだが」

適当な名を上げた加門に、八百屋は真剣に首をひねった。

「河田様、ってお家はわかりませんね。そこのお屋敷は本多様のお屋敷ですよ、そら、寺社奉行の」

「ほう、そうだったか。いや、恥をかかずにすんだ。礼を言う。では、あちらを探してみることにしよう」

加門はそう言って踵を返しながら、腹の底で頷いた。

なるほど、寺社奉行本多長門守忠央《ただなか》様か。長門守も老中本多伯耆守とは同じ本多姓、祖を同じくする一族なのだろう。と、すると、老中の本多様を兄上と呼ぶ金森兵部は、寺社奉行の本多様と親しくても不思議はない……。

そうか、と加門はつぶやいて小さく振り返る。

今日は、石徹白の駕籠訴のことで急ぎ来たのだろうが、前々から、頼んでいたのかもしれない。杉本左近らが去年、寺社奉行に訴えたものの国に突き返されたことも、金森兵部が動いたせいではないか……。

加門はぐっと歯を嚙みしめて、緩やかな坂を下る。と、前方に目が引き寄せられた。歩いてくる男が、こちらに手を上げたのだ。

「やや、これは小役人殿ではないか」

馬場文耕だ。足を速めてやって来た文耕に、加門は、

「馬場文耕殿、でしたか。奇遇ですね」

と笑みを見せる。

「いや、小役人殿も金森藩主のあとを追って来たのではないのか」

「というと、馬場殿はそうなのですか、金森様の行き先を知っていたのですか」

「うむ、顔見知りになった藩士がいてな、聞いてきたのだ。しかし、屋敷を出てからしばし経っていたからな、もう寺社奉行の屋敷に入ったことだろう。小役人殿は見たか」

「いえ、わたしは用事があって、こちらに来ただけ。藩主は見かけませんでしたが」

しらを切る加門に、文耕は「そうか」と、踵を返して坂を下りはじめた。

「まあ、よい、藩主の動きがわかっただけでも十分だ」

加門も横に並ぶと、文耕の横顔を見た。ちょうどよいところで会った……。

「馬場殿が書かれた『近代公実厳秘録』を読みましたよ。ずいぶんといろいろな話が書かれてますね」

一つひとつの話は短く、多くの話が書き連ねてあった。大名の由来や国替えの話、奉行の不届きや裏話、旗本のいざこざや競い合い、奉行の功績や器量などについても書かれている。さらに吉宗公を明君と讃え、隠居で西の丸御殿へ移ったことなどを記し、城中の儀式まで細かに書いてあった。

「ほう、読まれたか、面白いであろう、まだまだ、続きを出すぞ」

胸を張る文耕の横顔を、加門は見る。

「そうなのですか、では、出たら買いましょう。しかし、ずいぶんといろいろなことにくわしいようですが、どこで知るのですか」

「ああ、版元がさまざまなお人を集めてくれるのだ。で、わたしが話を聞く、そして書く、と。いや、むろん、こうしてわたし自身、調べもするぞ。が、昔のことなどはわからんからな」

「なるほど。馬場殿は吉宗公を尊敬しておられるようですね」

「ああ、そうとも。わたしは享保の頃が最もよい時代であったと思うておる。老中の松平乗邑様も抜きん出た家臣、町奉行の大岡越前守《えちぜんのかみ》様も名奉行、そのお方らを認めてよく使ったのが吉宗公だ。天下の明君であったことがよくわかるというものだ」

ほう、と加門は、顎《あご》を上げて話す文耕をまじまじと見つめる。おそらく歳は少し上くらいであろう。

「馬場殿はずっと江戸暮らしですか」

ずっと浪人なのか、とは聞きづらい。

「いや」文耕は首を振った。

「生まれは四国《しこく》の伊予《いよ》だ。といっても、徳川家直領であった地よ。父は役人をしておったのだ」

「ほう、そうでしたか」

「ああ、が、わたしは三男坊であったため、元服と同時に寺に入れられたのだ」

「ああ、それで学識が高いのですね、本を書くなどというのは、誰にでもできることではありません」

加門の世辞に、文耕はさらに顎を上げた。

「うむ、寺の学問は大いに役に立った。だが、わたしには僧侶は向かん、とわかったのだ。毎日毎日、同じことの繰り返し、それが死ぬまで続くなど、無駄だ。わたしのすべきことはほかにある。そう思ったから、還俗《げんぞく》して江戸に来たのよ」

「なるほど、思い切りましたね」

「なに、己の道を己で決めただけのこと。腹を決めれば道は開けるものよ。思い定めたとおり、御公儀のお役もいただいたのだ」

「えっ、仕官されたのですか」

驚く加門に、文耕はふふん、と笑う。

「そうよ、御徒組《おかちぐみ》に入ったのだ。ちと伝手《つて》があってな。しかし……いや、役人というのはひどいものだ。それは小役人殿もようわかっておろうが」

「はあ、まあ」

苦笑する加門に、文耕は頷く。

「上の顔色を窺っておべっかを使い、下には威張り散らす。失態が明らかになれば、人のせいにする、とにかく己の身を守ることしか考えない。わたしは正面切って、そうした理不尽を上役に意見をしたのだ。ところがどうだ、普段はいっしょになって陰で悪口を叩いていた同僚は、聞こえないふりをしおった。それどころか、これまでくそみそに言っていた上役に付いたのだ。あきれて怒りも消え失せたから、こちらから辞めたのだ」

　首を振る文耕に、加門は失笑をかみ殺した。まるで子供のようにまっすぐな人なのだな……しかし……。

「吉宗公は明君と言われますが、今の公方様は暗君とお考えですか」

　加門の問いに、文耕は「ふむ」と横目で見返した。

「仕えている小役人殿に言うのは、いささか気の毒だが、今の公方様はまともに口もきけないというではないか。お言葉はすべて、側用人の大岡忠光が伝えているのだろう。それでは大岡のやりたい放題ではないか、まさに暗君の政《まつりごと》よ」

「いや、それは」加門は力が籠もった喉《のど》を、ぐっと押さえた。

「大岡様は公方様が十六の頃からお側にお仕えしているため、お言葉は間違いなく伝えることができる、と聞いてますが」

「そこよ、疑わしいのは。ほかの者にはわからぬのなら、なぜ、間違いがないと言えるのだ。上様がこう申されている、と言ってしまえばわからないではないか」

　加門はぐっと拳《こぶし》を握る。今では意次も忠光と同じくらい、家重の言葉を理解できている。加門自身、二人には及ばないが、ずいぶんとわかるようになっていた。が、それを言うわけにはいかない。

「しかし、目の前で伝えているのですから、違うことを言えば、上様とてお叱りになるでしょう」

はははは、と文耕は笑う。

「そもそも公方様のおつむがどこまで言葉を解するのか、そこが怪しい。大岡忠光の言うことを、きちんとわかっていないかもしれないではないか」

文耕は冷笑を浮かべて加門を見る。

「小役人殿は、将軍にお目通りしたことなどなかろう。公方様と対面できる者などごく少数、ほとんどの者は実のところを知らないのだからな」

加門は唾を呑み込んで、己につぶやく。いや、冷静になれ……。

「なるほど、巷《ちまた》ではそのような評判が広まっているわけですね」

「おう、わたしはそう聞いたぞ、命令も伝えられぬ暗愚《あんぐ》の将軍、とな」

文耕は胸を張って先を歩く。

道は町に入り、行き交う人が増えはじめた。

文耕は立ち止まると、加門を振り向いた。

「わたしは行く所があるゆえ、ここで失礼する」

言い終わらないうちに、左へと歩き出した。

加門は握っていた拳をほどいて息を吐く。まったく、危うく怒りが吹き出すところだった……。首を振って、さらに大きく息を吐いた。

文耕のうしろ姿は、すでに人混みのなかに消えていた。

四

江戸城中奥。

意次の部屋で、加門はじっと耳を澄ませていた。夜、静かになった城内では、たまに廊下を過ぎる足音しか聞こえてこない。開けた窓から、時折、秋の風が吹き込んでくる。すでに八月も下旬だ。

あ、と加門は顔を廊下に向けた。意次の足音が近づいて来る。

「おっ」襖を開けた意次が目を見開いた。

「ちょうどよかった、呼びにやろうと思っていたところだ」

「なにか、あったのか」

「うむ、だが、そなたも報告があるのだろう、まず、聞こう」

腰を下ろした意次に、加門は頷く。

「石徹白の駕籠訴のあと、金森藩邸にようすを見に行ったのだ。したら……」

加門は金森兵部が寺社奉行本多忠央の屋敷を訪ねたことを話す。

「事の次第を確かめに行ったのだろう」

「ううむ、そうか」意次は眉を寄せた。

「実はな、こちらの話もそれなのだ。金森兵部殿についてさらに調べたところ、なんと、兵部の弟が、本多忠央殿の養子となっていたのだ」

「養子」

「ああ。兵庫《ひょうご》という名だそうだ。本多家には男子がなく、跡継ぎもさる大名家から養子をとっているのだが、その弟として入ったらしい」

「なんと、では、金森家と本多家は縁戚ということか」

二人は顔を見合わせる。

「となると……」加門は眉間を狭める。

「これまでの杉本左近らがした寺社奉行への訴えが、国に差し戻されたのも、頷けるな」

「ああ、そうするように、金森兵部が頼んだとも考えられる」

「国で詮議《せんぎ》をすれば、役人を抱き込んだ豊前が有利。国にとっては、厄介な杉本一派を一掃できる。現に、追放に処したわけだしな」

「うむ。その筋書きは充分にありえるな」意次も口を曲げる。

「しかし、こたびはそうはいくまい。杉本左近はまた同じ運びになることを避けるために、老中への駕籠訴をしたのだ。今度は評定所で吟味されるはずだ」

「そうか、そうなれば、これまでのことも明らかになるかもしれぬな」

しかし、と加門は腕を組んで天井を見上げた。

「縁戚になっていたとは。金森兵部殿はよほど本多家を頼みとしていると見える」

「ああ、老中の本多様とは兄弟の契り、寺社奉行の本多様とは縁戚と……まあ、どちらが先かはわからないが、いずれにしても、本多といえば家康《いえやす》公四天王の一人、今も権勢は強い。近づきになれば、その権勢に乗ることも可能だからな。なかなか抜け目のないお方かもしれない、金森殿は」

「うむ、わたしはもう一度、藩邸を探ってみよう。寺社奉行の本多様とのつながりがどの程度なのか、気になる」

「そうだな、探れるか」

「ああ、顔なじみになった者がある」

「そうか、さすが御庭番だ」

意次は面持ちを和らげる。

加門は「あ、そうだ」と、懐から竹皮の包みを取り出した。畳の上で広げると、かき餅の山が崩れた。楕円《だえん》のなまこ餅を薄く切って焼いた物だ。

加門は、意次へと差し出す。

「そなた、このあいだ、町で見ていただろう」

「なんだ、気がついていたか。いい匂いもして、うまそうだと思ってな」

「ああ、だから、買ってきておいたのだ。かき餅は太閤秀吉《たいこうひでよし》も大好物で、いつも持ち歩いていたそうだ。ま、これは餅屋の主から聞いたんだが」

「ほう、そうなのか」

意次は早速《さっそく》口に運ぶと、バリバリと音を立てた。香ばしい匂いも広がる。

「うむ、うまい」

「そうか、それはよかった。ここではいつもよい菓子をもらっているからな、たまにはお礼だ」

「おう、これはありがたいぞ。お城に献上される菓子は甘い物ばかりでな、しょっぱい味が恋しくなるのだ」

意次はもう一枚を手に取る。

「あ、そういえば、もう一つ話があった」加門は指を立てる。

「馬場文耕に会ったのだ」

加門も意次も、買った本はすでに交換して読んでいた。

「ほう、話したのか」

「うむ、それがな……」

加門はそのやりとりを話す。

「なんと、そんな評判が広まっているのか。よりにもよって、大岡様をそのように言うとは……」

「ああ、あまりにも実像と違いすぎる。民が御公儀に不満を持つのはいつの時代でも避けられぬことだが、これはひどい」

「うむ……上様への誹謗《ひぼう》は罰せられるゆえ、大岡様を悪者にして鬱憤《うっぷん》を晴らしているのかもしれんな」

意次はかき餅をまた手に取る。が、口の手前で止めた。

「そうだ、こちらにももう一つ話があったのだ。郡上の百姓のほうの吟味だが、評定所が国の百姓総代の三十人を江戸に呼び出したそうだ。庄屋や組頭という、一揆勢と対する者でな、それぞれの口から言い分を聞こうということになったらしい。来月、九月中には江戸に着くらしい」

「そうなのか。しかし、吟味というのはなかなか進まないものだな。この期に及んで三十人から話を聞けば、ひと月やふた月くらいすぐに経ってしまうだろうに」

「うむ、稲刈りに障《さわ》りが出るであろうにな」意次は形のよい眉を歪める。

「忙しいのはわかるが、評定所の遅々とした運びを見ているとじれてくる」

意次はバリッと音を立てて、かき餅を砕いた。

「まったくな」

加門も同様に、かき餅に歯を立てた。


郡上藩上屋敷の裏戸を、加門はためらうことなく開けた。前と同じ植木屋の格好で抱えた道具箱も同じだ。

庭を眺め渡せる物陰から、加門は竹蔵の姿を探す。が、今日は松屋の法被《はっぴ》姿は一人も見えない。

源三郎さんを探すか……。加門は庭の端を抜けて、長屋へと向かった。

植木の枝ぶりを見るふうを装って、庭に立つ。

しばらく待つと、やっと源三郎が外へと出て来た。加門はそっと近づくと、

「源さん」

と、声をかける。立ち止まった源三郎は、加門の顔をみて、ああ、とつぶやいた。

「あんたかね」

「へい、今日は竹蔵さんはいないんですね」

「ああ、朝のうちに来て、もう帰ったよ」

「じゃ、また源さんに訊いてもいいですかい」

腰を曲げて問う加門に、源三郎は「ああ、なんだい」と身を反らす。竹蔵と一緒のときには、まっすぐな眼だったが、今日は探るような鋭さがある。

植木屋ではないと疑われたのだろうか……。そう思いつつも、加門は腹を括《くく》る。屋敷のほうを目で示すと、問いかけた。

「源さんはお殿様の弟君、兵庫様を知っていなさるかい」

「はあ、そりゃあな、ずっとこのお屋敷でお育ちなすったんだ。知っているよ」

「けど、今はいないそうだね、養子に行ったたって話を聞いたんだけど」

にこやかに問う加門に、源三郎は頷く。

「ああ、そりゃ、ずいぶんの前の話さ。前といっても、兵庫様はもう元服は過ぎてた

な。養子ってのは小っさい子供がなるもんだと思ってたから、ちいと驚いたのを覚えてるよ」

「へえ、そのあと、兵庫様はここに来るんですかい」

「ああ、いらっしゃるさ、しょっちゅう。なにしろここが実家だ、殿様が参勤交代でいらしているときには、よく見えるよ」

「そうか、やっぱり兄弟だね、養子先の本多様も見えるんですかい」

「ああ、ときどき一緒に見えるね。能をやったり、踊りを見せたり、螢《ほたる》を飛ばしたり、殿様は風流がお好きだから、そういう宴をなさるときには、本多様も兵庫様とともにお見えになるさね」

「螢か、いいねえ」

加門は笑顔を作りながら、やはりか、と腹でつぶやく。

「老中のほうの本多様も見えるんですかい」

「ああ、見えるさ。そういうときには庭の行灯《あんどん》を増やすから、わしら中間《ちゅうげん》はとりわけ忙しくなるんだ」

「へえ、そいつは大変そうだな」

「そりゃ、大変さ。老中様がお客だと、お出しする膳の数もずっと多くなるからね、台所のもんらも音《ね》を上げるくらいさ。行灯置きのほうが楽さね」

　源三郎はまばらに抜けた歯を見せて笑う。と、ふとその笑みを消すと、加門に顔を寄せた。

「そういや、おまえさん、このあいだ黒崎佐一右衛門のこと訊きなすったろう」

「ああ、へい。あんときゃどうも」

「いやね、あのあとわかったことがあるんだがね」

　源三郎はそう言いつつ口を閉じる。上目になったその眼差しに、ははぁ、そういうことか、と察して、加門は懐から銭入れを出した。中から二朱金《にしゆきん》を二枚つまみ出すと、そっと差し出す。源三郎は素早くつかみ取ると、袖に落とした。

「いや、あれからこっちも気になってよ、中間仲間に確かめてみたのさ。そうしたらわかったんだけど、あの黒崎ってえ男は勘定奉行の大橋《おおはし》様の口利きだったそうだよ」

「勘定奉行の……」思わず高まった声を、加門は慌てて抑えた。

「じゃ、大橋様がお屋敷に寄越してくれたってことかい」

「そうだろうね、くわしいことはわからねえけどよ、お屋敷のほうからなにか頼み事をしたんじゃないかい、宇都宮様はしばしば大橋様のお屋敷に伺っているからね」

「そうなのかい」

加門の問いに、源三郎がまた上目になる。

「大橋様だけじゃないんだがね」

加門は再び二朱金をつかみ出すと、今度は三枚を握らせた。

「悪いな」と源三郎は片方の口を上げて笑う。

「同じく勘定奉行の曲淵《まがりぶち》様のとこにも何度か行ったね。そのたびに中間の誰かが、荷物を持って付いて行くからよ、こっちはよく知っているわけさ」

「なるほどねえ」加門は感心したように、目を開いて見せる。

「いや、源さんに訊いてよかった」

ああ、と源三郎は金の粒を握った拳を上げげた。

「こいつはここだけの話だ。おまえさんもただの植木屋じゃないんだろう。持ちつ持たれつってやつだ」

「ああ、わかった」

加門はそう言うと、背を向けた。

源三郎は年に似合わぬ早足で離れて行く。

加門はゆっくりと庭の隅を歩き出した。太い木の陰に来ると、立ち止まって、屋敷のようすを窺う。藩士が廊下を行き交うが、金森藩主は現れない。

行くか……。そう足を踏み出したとき、加門は振り返った。

中間が三人、近づいて来ていた。

裏口へ行くのだろうか……。そう思いつつ、加門は歩き出した。と、中間が走り出す。たちまち加門に追いつき、一人は加門の前に立ちはだかった。

「待ちな」

いずれも若い男だ。

探っていることがばれたのか……。加門は腹に力を込める。

一人の男が、右手を上げる。その指には、一朱金がつままれている。

「おれたちにもこいつをわけてもらえないかね」

加門は横目で源三郎が戻って行った長屋を見た。取り上げられたな……。

「源さんからなにを訊いたのか知らないが、そいつが藩士にばれるのは都合が悪いんじゃねえのかい」

「おう、黙っててほしけりゃ、口止め料ってもんがいるわな」

あとの二人もじわじわと寄って来る。この三人は、おそらく江戸の口入れ屋から斡《あっ》旋《せん》されたのだろう。肩の揺すり方に、遊び人の名残《なごり》が見て取れる。

加門は辺りを素早く見まわした。斜め右、塀の近くに枝を伸ばした松の木がある。

よし、いい枝振りだ……。加門は抱えていた道具箱を、一人に投げつけた。

続いて右足でもう一人の脇腹に蹴りを入れる。

「な……この野郎」

残った一人は、口を開きながらも半歩、後ずさる。

「てめえ」道具箱で倒れた男が立ち上がった。

「ふざけやがって」

叫ぶと、頭から突っ込んで来た。

加門は横に飛んで躱《かわ》す。

勢い余って、前のめりになった相手の背に、加門は肘打《ひじう》ちを入れた。

「この野郎」

脇腹を蹴られた男も、体勢を立て直した。と、それと同時に、加門は走った。

松の枝に飛びつくと、大きく身体をまわして、次の枝へと移った。枝は塀の外へと張り出している。

「野郎」

「待ちやがれ」

男達が寄って来たのを、加門は塀の上から見下ろした。

その目を外に移すと、加門は塀の下へと飛び降りた。

そのまま、表通りへと走り出す。

が、しばらくして、足が遅くなった。右足首に痛みが走る。

しまった、ひねったか……。加門は息を整えながら、足を引きずった。

身体がなまったということか、鍛えねばいかんな……。苦笑をかみ殺しながら、表通りへと出た。

五

朝の着替えを終えて、加門は庭を見下ろす縁側に立った。

「父上、おはようございます」

地面でしゃがんでいる草助が顔を上げる。

「薬草を摘んでいたところです。また煎じましょう」

小さな庭には、父が植え加門が増やした薬草がある。

「ああ、いや、もうよい。足の腫れはすっかり引いた。そなたの薬草が効いたようだ。助かったぞ」

加門は右足を持ち上げてまわして見せる。草助はにっこりと笑みを浮かべる。

ほう、と同じようにしゃがんでいた父の友右衛門《ともえもん》が振り向いた。

「そうか、よかったな。では、草助、こちらを手伝え」

父は茄子《なす》をもぎりながら、手招きをする。

「爺様《じじさま》、これは小さすぎますか」

草助のさす茄子に、友右衛門は首を振る。

「そうさな、もっと横の大きいほうをとれ。婆様《ばばさま》に茄子の味噌汁にしてもらおう、茄子ももう終わりだからな」

役を離れた友右衛門は、野菜作りをはじめて、日々、勤《いそ》しんでいる。

加門が二人を眺めていると、奥から鈴が小走りにやって来た。そのあとを、千秋も追って来る。

千秋も隣に立つと、畑仕事を楽しげにする二人を見て目を細めた。

「草助は薬草をもっと増やしたいと言っているのですよ。鈴が切り傷などを作ると、すぐに手当もして。加門様にどんどん似てきますね」

「そうか、では草助もいずれ医術を学びたいと言うかもしれないな」

「ええ……なれど、加門様は御下命を受けて学んだのですからお役目です、草助は御庭番の跡継ぎなのですから、医術に夢中になるのはどうでしょう」

目元を曇らせる千秋に、加門は笑ってみせる。

「なあに、なんでも広く学ぶほうがいい。人の得る知恵に無駄なものなどないのだ。特に御庭番は、さまざまな事態に出くわすからな、無駄に思えるようなことが、案外、役に立つものだ」

「ええ、それは……そうですわね」

頷く千秋の腹を加門は見る。

「身体は大丈夫か」

はい、と千秋は腹に手を当てる。子ができた、と告げられたのは先月のことだ。

「なれど、三十もとうに過ぎている身としては、少し心配です」

千秋は腹を撫でる。が、千秋が心配を口にするときには、半分は自信があるのだと、加門にはわかっていた。

「なに、心配はいらぬ。医学所では四十近くで八人目の子を産んだ母御もいた」

「まあ、心強いこと」千秋は微笑む。

「こうなると、加門様が医術を学ばれたのも、ありがたいことと思います」

「うむ、そうであろう、安心せい」

胸を叩く加門に、千秋は「はい」と笑顔を返す。

「おうい」と、友右衛門の声が上がる。

足下の笊《ざる》を抱えて、息子夫婦に寄って来ると、

「よいできだろう、千秋、光代《みつよ》に持って行って、小さい物は糠漬《ぬかづ》けにするように言ってくれ」

茄子の盛られた笊を掲げた。それを受け取って、千秋は「はい」と微笑む。

「さて」と加門は腰に手を当てた。

「わたしも登城の支度をするか。いつまでも休んでいられないからな」

加門は秋の澄んだ空を見上げた。


江戸城中奥。

朝の廊下を歩く加門は、詰所の前に立つ人影に気がついた。

将軍の小姓見習いで、しばしば意次の使いをする少年だ。

「宮地殿」

案の定、加門に気づき寄って来た。

「大岡様と田沼様がお呼びです」

先に立って歩き出す小姓に、加門も踵を返して付いて行く。

二人からの呼び出しとは珍しいな、いや、だがちょうど上様は大奥へ行かれているときか……。

「宮地殿をお連れしました」

襖を開けた小姓に礼を言って中に入ると、向かい合った大岡忠光と意次が顔を上げた。

加門が畏《かしこ》まる前に、二人は手招きをする。

「近くへ」

はい、と間近に座ると、意次が加門に向き合った。

「例の石徹白《いとしろ》の訴えなのだが、なんとも残念なことになった」

え、と目を見開くと、忠光が頷いた。

「訴状を受け取った松平様が、結局、寺社奉行の本多様にお預けになったのだ」

加門は二人の顔を見比べる。

「しかし、本多様は以前にも訴えを受けて、国に戻したではありませんか。それで、理不尽な沙汰を受けたからと、杉本左近が駕籠訴に及んだのでしょう。また、本多様に任せるとは……」

「ああ」意次は腕を組む。

「こたびはさすがに、国許へ戻すことはするな、と命じられたらしい」

「されど、金森兵部と本多様のつながりを考えれば、どうなるか……」

「うむ」忠光が口元を歪める。

「公正な沙汰とはならぬかもしれん。だが、訴えは寺社奉行支配のこと。対処せよ、とお任せになるのも筋は通っているのだ」

「それは。確かに……」

加門は眉を寄せる。

意次はほうと息を吐いた。

「まあ、こうなってしまってはしかたがない。本多様がどういう吟味をして、どう進めていかれるのか、見守るしかない」

うむ、と忠光は加門を見る。

「そなたも、金森藩主や本多殿の動きに、一応、気をつけていてくれ。上様も気にかけておられるのだ」

「はっ、承知いたしました」

加門は低頭してから、顔を上げ直した。

「わたしからも報告があるのです。先日、郡上藩邸に入り込みまして……」

加門は源三郎から聞いた話を伝える。

ふうむ、忠光は天井を見上げた。

「勘定奉行か……大橋近江守親義《おうみのかみちかよし》殿は美濃郡代を支配下に置いているな。曲淵豊後守《ぶんごのかみ》英元《ひでもと》殿は勘定奉行だが、次は大目付《おおめつけ》になるだろうと目《もく》されている。金森殿としては、より親しくしておきたいお人らであろう」

大目付は大監察《だいかんさつ》とも呼ばれ、幕政全体を監察する役だ。御家人や旗本は目付が監察するが、その上の大名や高家《こうけ》などは大目付の監察となる。

ううむ、と意次が唸る。

「しかし、勘定奉行に検地の名人を口利きしてもらうとは、それほど親しいということであろう、金森藩主はなかなか抜け目がない。しかし、青木郡代の件では、評定所がすでに勘定奉行を呼び出して吟味をしたという話でしたね。大橋奉行も曲淵奉行も、青木郡代のことは一切知らぬ、と答えたと聞いています」

「うむ、わたしもそう聞いた」忠光が頷く。

「だが、青木郡代が勝手にしたとは考えにくい、金森藩主から頼まれたと見るのが順当であろうな」

「ええ、それはいずれ明らかにすべきかと」意次が加門を見る。「美濃に行って青木郡代を探るのがよいと思う。上様のご判断を仰がねば、なんとも言えぬが、そうなれば加門、美濃に行けるか」

「はい、もちろん」

加門は背筋を伸ばす。

忠光は意次と加門の顔を交互に見た。

「まあ、急ぐことはない。評定所に任せてあるのだから、その判断も見なければならぬ。郡上から呼び寄せた百姓衆もまだまだ吟味が続いているようだ。いずれにしても、上様には報告しておくゆえ、おいおいお考えいただこう」

「はい」

意次と加門はともに頷いた。

六

十一月。

上野の上州屋の前に立って、加門は杉本左近がいるはずの二階を見上げた。

石徹白の詮議が進んだ、という話は伝わってこない。

加門は裏にまわると、こっそりと勝手口から上がり込んだ。預かりを命じられたこの宿の主は、会わせてくれるかどうかわからない。それを思えば、忍び込んだほうが手っ取り早い。

「ごめん、杉本左近殿はおられるか、いつぞや訪ねた加門と申す」

加門が襖に声をかけると、すぐに中から開けられた。

「おお、これは」

驚く左近の脇をするりと抜けて、加門は部屋に入り込んだ。

「どうなさっているか、気にかかって来ました。訴状は寺社奉行の本多様に預けられたそうですね、聞きましたか」

加門の言葉に、左近は崩れるように膝をついた。

「やはり、そうなんで」肩を落とした左近だが、すぐに顔を上げた。

「そうらしいとは聞いたんじゃが……これでは、前と同じになってしまうで……せっかく老中様に駕籠訴をしたっちゅうのに、なんちゃあない」

加門は言葉を探しながら、向かいに座る。

「寺社のことは寺社奉行に、というのが御公儀の筋なので、松平様はそれを通されたのでしょう」

「じゃが」左近は腰を上げて身を乗り出す。

「知っていなさるでしょう、本多様は金森家とは身内も同然。それで公正な詮議ができましょうかいね。そもそも、本多様に委ねたっちゅうのも、本多様から松平様に、任せてくれと働きかけがあったっちゅうことではないがね。それは、金森家から本多様に頼んだせいではないがね」

左近の勢いに、加門は黙り込んだ。

なるほど、そういう見方もできるか……。

左近は身体を戻すと、加門を見据えた。

「加門様は御公儀のお方と聞きましたで、教えてくりゃんさい。御公儀は、ちゃんと詮議をしてくださる気があるんじゃろうか」

「それは、もちろんあるはずです。お呼び出しはなかったのですか」

「ありましたで。本多様の前に出されたで、わしは訴状に書き連ねたこと、それに書けんかったことも、話しましたで。じゃが、まともに聞いてくださっているんだかどうだか、ようわからんじゃった。こちらを見ようともなさらんで」

加門の目にその光景が浮かんだ。下からの訴えを煩《わずら》わしいものとして、ぞんざいに扱う役人は珍しくはない。

「そうでした、か」

眉を寄せる加門に、左近は膝行して寄る。

「わしはお願いしました。石徹白豊前も呼び出して、詮議をしてください、と」

「ほう、それにはなんと」

首を伸ばした加門に、左近は頭を横に振った。

「本多様はこうおっしゃいましたで。それはこちらで決めること、差し出た口を利くな、と」

左近は拳で畳を叩く。

加門は息を呑み込んだ。左近の苛立ちが、波のように伝わってくる。百姓衆の訴えも簡単ではなさそうだが、こちらはこちらでなかなか厄介《やっかい》かもしれない……。ぐっと唇を嚙んだ。

左近は背筋を伸ばすと、また首を振った。

「せっかく江戸まで来て駕籠訴をしたっちゅうのに、これでは皆ん衆に、よう伝えられんがね」

加門ははたと耳をそばだてた。以前は襖の向こうに人に気配があったのに、今日はない。

「いっしょにいらしたお人がいたのでしょう、どうされましたか」

ああ、と左近は顔を巡らせる。

「宿預かりになったのはわしだけだで、ほかのもんはいつまでも宿代を払うわけにゃいきませんで、若いもんは仕事を探して、江戸の町で暮らしとります。ほかのもんは美濃に戻ったがね」

「美濃ですか」

「ええ、わしらは郡上と美濃の国境、母野《はんの》という所で追放になりましたで、もう郡上に戻ることはできんがね。じゃが、美濃の芥見《あくたみ》村に篠田源兵衛《しのだげんべえ》っちゅうお人がおって、わしらに同情して世話をしてくだっさっとるんで」

「へえ、それはよいお方ですね」

「ええ、わしも屋敷にいさせてもらいましたし、江戸に来るための金も貸してくださっとるで。あのお方がいなければ、わしらは飢え死にしとったでしょう」

左近はきっと目を見開いた。

「一人でも味方をしてくれるもんがあれば、人は力が沸くもんだで。わしはあきらめたりせんがね」

その眼の光に、加門は思わず頷いた。

「吟味や詮議は長く続くことが珍しくありません。されど、自ら引かなければ、必ず開けるはずです」

その言葉に、左近も大きく頷き返した。


十二月。

「田沼様がお呼びです」

そう呼び出しを受けた加門が部屋に行くと、

「やっと郡上の詮議が少し進んだぞ」

待っていた意次が言った。

「郡上の駕籠訴をした五人が、国へ返されることになったのだ」

「そうなのか」

「ああ、国から呼んだ百姓総代三十人の聞き取りも終わって、最後は訴人と総代らを評定所で引き合わせたそうだ。双方の言い分を聞こう、ということでな。総代らはいろいろと述べたものの、訴人にごまかしや嘘を指摘されて狼狽《うろた》えたという話だ」

「ほう、では、対決は訴人の勝ちだったわけだな」

「そういうことだな。で、ひと通りの詮議がすんだため、訴人も戻ってよい、ということになったのだ。今度は国預かりになるそうだ」

「いつ、帰るのだろう」

「二十三日には江戸を出るらしい。正月に間に合うようにという配慮であろうな」

「そうか……」加門は、五人の顔を思い浮かべた。

「しかし、駕籠訴をしてから一年以上……評定所は時がかかりすぎる」

　加門はふうと息を吐く。

　評定所で詮議を行う人々は一座と呼ばれる。寺社奉行、町奉行、勘定奉行の三奉行、さらに大目付、目付、そこに老中が加わる。老中が出座するのは月に一度だけだ。三奉行らにしても、出るのはその訴えが取り上げられた最初と、最後に沙汰が下されるときのみだ。それも開かれるのは月のうちの三日間、二日、十一日、二十一日の式日のみであるため、なかなか進まない。普段は、奉行所から出された留役《とめやく》という役人が吟味や詮議を行うのだが、それも月番制であるため、人が変わるたびにまた訴えの内容や経緯を調べ直したりもする。そうした状況で多くの詮議を抱えているのだから、進まなくとも不思議はない。

「まったくな」意次も天井を仰いだ。

「今のやり方では、いつまで経っても埒《らち》が明かない。急ぎの事や大事は、仕組みを変えたほうがよいと思うのだがな」

「うむ、役所というのは、どうしてああも、変えるのを頑《かたく》なに避けようとするのだろうな。そもそも役人の頭は硬すぎるのだ。石でも詰まっているのかもしれんと、割って中を見たくなるな」

加門が頭を振ると、意次は笑いを吹き出した。

「おう、よく言ってくれた。わたしも常々そう思っているのだ、役人の頭は下げたり上げたり振り子のようだしな、重い岩か鋼《はがね》でも詰まっていそうだ」

ははは、と加門もつられて笑う。

「そいつは手強い、殴れば手が折れる」

「おう、素手はまずいな」

二人は肩を揺らして笑った。


二十三日。

夜も明けきらぬまだ薄暗いなかを、加門は白い息を吐きながら、訴人のいる秩父屋へと急いだ。

遠方への旅は夜明けの七つ（四時）立ちをすることが多い。

秩父屋に着くと案の定、灯りが付いていた。

加門は冷たい風に腕を組みながら、宿の脇に立った。中からは人の声や動く音が聞こえてくる。が、戸が開く気配はない。だんだんと空は白みはじめ、朝焼けの茜色《あかね》も広がってくる。

寒さに足踏みをしていた加門は、ふと耳を立てた。

中から主の半七の声が聞こえる。加門は戸に手をかけてみた。開く。

「ごめん」

顔を覗かせると、上がり框《がまち》に半七がいた。手代に荷物を並べさせている。加門に気づくと、

「これは早くから、さ、中へ。寒いでしょう」

と、招き入れた。

「郡上のお人らが、今日、発つと聞いたもので」

土間に立った加門が言うと、半七は頷いて寄って来た。

「はい、ですが藩邸から足軽が来るというので、それを待っております」

「足軽が付くのですか」

「ええ」半七は片目を細める。

「見張りでしょうな。先ほど、藩邸にいた三十人の百姓は発ったそうです。うちの手代に見に行かせたんですが、そちらには数人の足軽が付いていたそうです」

「藩も気を張っているのですね」

「はい、ですが、藩主様は三十人に対しては道中気儘《どうちゅうきまま》を許されたそうです。温泉もよし、物見遊山《ものみゆさん》もよし、ということでしょう。足軽も見張りというよりは警護ということでしょうな」

半七はちらりと上を見る。

「ですが、こちらはどうなるか。加門様は出立までおられますか」

「ええ、一応、陰から見送ろうと思ってます」

「では、あたしの部屋でお待ちください」

半七に促されて、加門は部屋へと上がる。半七はそのまま慌ただしく奥へと去って行った。

「弁当はできているだろうね」

足音とともに声が聞こえる。

加門はしばらくさまざまな音に耳を澄ましていた。二階からは訴人の五人が動く音や声が伝わってくる。

お、と加門は窓に寄った。

大勢の足音が近づいて来ている。足軽だ。一、二、三……と、加門は窓を少し開けて、外を通る男らを数えた。二十五人だ。たった五人に二十五人か……。

「ごめん」

表から声が響いた。

足音が集まって来て、戸が開けられた。

半七と足軽がやりとりし、まもなく二階から五人が下りて来るのがわかった。荷物を背負い、草鞋《わらじ》を履く気配が伝わってくる。

「すっかりお世話になりましたで」

「おおきに、半七さん」

「いいや、気をつけてお帰りなさい」

五人と主の声が行き交う。

身支度が終わって外へ出た気配に、加門もそっと部屋から出て土間に立ち、覗いた。

外に発った五人を、足軽が囲む。足軽は誰もが、険《けわ》しい面持ちで五人を睨みつけている。が、五人は胸を張り、顔を上げていた。

「さあ、行こまいか」

定次郎が大きな声を放ち、歩き出す。

訴人はそれぞれ胸を張り、腕を振って地面を蹴った。

取り囲む足軽らも動き出す。

その姿に、おや、と加門は外へと出た。見送る半七の横に立つ。

訴人の五人は皆、腰に帯刀している。

「刀を帯びているのですね」

加門の問いに、半七は頷いた。

「はい、来たときにも帯刀していました。街道は物騒ですし、それに……藩から狙われるかもしれないから、と」

「なるほど」

加門は足音を立てて去って行く一行を、見えなくなるまで見つめていた。

第三章　立者《たちもの》と寝者《ねもの》

一

年明けて宝暦七年。

正月から節分、そのまま春も過ぎて、夏へと移っていた。

「これは祝いだ。姫が二人とは、華やかでよいな」

意次が加門に、木箱を差し出す。

千秋は六月に元気な次女を産んでいた。

「いや、かたじけない。年も年ゆえ、実は内心、案じていたのだが、やはり女《おなご》は強い。母も子も強い」

加門は箱を手に取りながら俯《うつむ》く。意次の家でも次男と三男が生まれていたが、幼いうちに亡くなっていた。

「うむ、男は弱いな。無事に育つというのも恵まれたことなのだと思うぞ」

ああ、と頷《うなず》いて、加門は顔を上げる。

「そういえば、その後、郡上の評定はどうなっているのだろう」

「ううむ、あれか」意次は腕を組む。

「上様もお忘れではなく、時折、大岡様が吟味役に質《ただ》してはいるのだ。が、進めてはいる、と答えが返るばかりだという話だ。まあ、いろいろと仕事を抱えて、お忙しいのはわかるのだが」

評定所の吟味役は町奉行と寺社奉行、勘定奉行の公事方、それに老中、大目付と目付のなかから一名ずつが選出されるが、それぞれ、本来の役目と兼務してのことだ。

「郡上藩は三万九千石だったか……さして重くもない国、おまけに百姓衆の訴え、となると、つい軽んじてしまうのかもしれんな」

「うむ、それもあるかもしれん。任せてある以上、待ってはいるが、あまり時がかかるので、上様も多少、いらだっておられる」

「石徹白のほうはどうなのだ」

「あれは寺社奉行の本多様に任せたゆえ、もっと進み具合はわからん」

「ふうむ、本多様にとってはいわば身内の騒動だからな、時をかけていっそ、うやむやにしてしまいたいのではないか」

む、と意次は眉を寄せる。

「それは許してはいかん。まあ、もう少しようすを見てみるが」

「こう長引くと、じれるな」

加門が肩を揺すると、意次も身体を揺らした。

「ああ、背中がむずむずしてくる」

その面持ちが弛み、二人の顔は苦笑から笑いへと変わった。


十月。

加門は中奥の小部屋で端座していた。将軍からの呼び出しを受けたためだ。

近づいて来た三人の足音に低頭すると、すぐに襖が開いた。

「よ、い、おも……げ、よ」

家重の声に、上体を上げる。

続いて口を開いたのは大岡忠光だ。

「宮地加門、上様はそのほうに郡上と美濃に赴《おもむ》き、調べて参れ、と仰せだ。美濃のほうは郡代の青木次郎九郎の件。なにゆえに、郡上の百姓に筋違いの命《めい》を下したのか、その経緯を明らかにすること」

「はっ」

「さらに郡上のようすを探ること。百姓衆の動向、並びに藩役人の対応など、どうなっているのかを探って参れ」

「はっ」

「また、郡上の石徹白村の騒動、これも探ること。石徹白豊前が何をしているのか、藩役人はどこまで関わっているのか、その辺りを探って参れ」

「はっ、承知いたしました」

　低頭しなおす加門の耳に、家重のつぶやきが聞こえた。

　意次がその意を汲んで、言葉にする。

「両件の沙汰がいつまでも出ぬゆえ、上様が決断されたのだ。状況がつぶさにわからぬゆえ、吟味も進まぬのではないか、とお考えなのだ。騒動の裏に、隠されていることがあるやもしれぬしな」

「はっ、その御意、しかと心得て赴きます」

　加門は腹の底から声を出した。

山間《やまあい》の道を、脚絆《きゃはん》に草鞋《わらじ》の足が踏みしめる。背には風呂敷に包んだ箱を負った薬売りの旅姿だ。

その足をとめて、加門が半歩遅れて歩く吉川栄次郎に顔を向けた。

「見てみろ、城だ、郡上八幡《ぐじょうはちまん》の城に違いない」

指をさす先に小高い山があり、その山頂に数層の屋根を重ねた天守閣が見えている。

「おう、なかなか美しいな」手をかざして栄次郎は目を眇《すが》める。

「しかし、思った以上に山のなかだったな」

ああ、と加門は息を整えてまた歩き出す。しばらく進むと、その足を速めた。

前を行く、籠《かご》を担いだ百姓の二人連れへと寄って行く。

「もし、こんにちは」

加門の声に夫婦らしい男女は、驚いたように足を止めた。その目を頭から足下まで移して、

「なんだいね」

と、日焼けして皺《しわ》の刻まれた顔を歪めた。

「はい、あたしらは江戸から来た薬売りでして、こういう物を……」

加門は懐から小さな紙の袋を取り出す。

追いついた栄次郎が、

「壮健丹《そうけんたん》っていう薬なんで」

と、顔を突き出す。

加門は掌《てのひら》に黒い丸薬を落とすと、それを差し出した。

「一つ、試してみてください。疲れがとれますよ」

「いらん。薬なんぞ、買う銭はないがね」

「いや、銭はいりません、試しです。それでよかったら、人に教えてください」

「ふうん、そんなら」

夫婦はそれぞれ、口に入れて飲み込む。

その二人に加門はにこやかに笑んで、城を指さした。

「あれは郡上のお城でしょう、ずいぶん立派なお城ですね」

「ああ、ありゃ太閤様の頃に造られたもんだがね。遠藤《えんどう》様っちゅう殿様が造ったもんだで」

「へえ、遠藤様ね……今の御領主は金森様でしたっけ、いい殿様だそうですね」

加門の言葉に、夫婦は顔を大きく歪めた。

「なんがいいもんかね。薬を買う銭もないんは、あの殿様のせいだがね」

男の言葉には加門は首をひねって見せた。

「へえ、そうですかい。けど、ここの殿様は吉宗公を倣《なら》って目安箱を置いたと、聞きましたがね」

「ああ、あんなん」女房が口を尖らせた。

「ありゃ、だちかんじゃったで、もうないがね」

「だちかん……なにがだめだったんですかい」

そりゃ、と言いかけた女房の腕を夫が押さえる。それを「かまわんがね」と払って、女房は口を開いた。

「あの目安箱ができたら、さっそく訴状が入れられたんだがね、だけんどそれがとんでもねえで、諍《いさか》いしてたもんが、相手の悪さを並べ立てて訴えたものの、全部、嘘八百だったがね。だのに、役人はまんま信じよって罰を下したんだがね。ひとっつも調べもせんで。そんなんが、つぎつぎに起こったもんで、そのうちに目安箱はのうなったがね」

「へええ」

と、加門と栄次郎の声がそろった。

「ほれ、もう行かいではならんで」

男が女房の腕を引っ張って、早足で歩き出す。

加門らもそのあとに続いた。と、前方の脇道から別の百姓が現れた。年配のその男は、こちらに向かって歩いて来る。

おや、と加門はそのようすに目で追った。夫婦と男の間合いが詰まると、互いが道の端にずれた。すれ違うが、互いに顔を逸らして通り過ぎたのだ。へえ、と加門は双方を見比べる。どこの村でも、百姓衆のつながりは深いのに、珍しいな……。やがて、前を歩く夫婦はあぜ道に入って、姿を消した。

加門と栄次郎は人影の消えた道を進む。

郡上八幡の城が、近づいていた。

二

城下町を流れる吉田川《よしだがわ》の橋詰《はしづめ》で、加門と栄次郎は壮健丹という幟《のぼり》を立て、箱を抱えて立っていた。

郡上八幡に着いてからからすでに十日が経つ。

道を行き交う人々を二人は目で追っていた。城下だけに武士が多いが、辺りには商家も多いせいか町人も少なくない。そうしたなかを、時折、百姓も通って行く。

「あれは立百姓《たちびゃくしょう》だな」

加門は小声でつぶやいた。

地元では一揆に加わっている百姓を立百姓、加わらない百姓を寝百姓《ねびゃくしょう》というのだと教えられた。そして、双方は対立しており、挨拶もしないという。

「歩いている姿でわかるのか」

栄次郎が首をひねると、加門は小さく頷いた。

「ああ、立百姓は胸を張って腕の振りも大きい。逆に寝百姓はうつむきがちで足の運びに勢いがない。それぞれの気質がそのまま表れているのだ」

「気質」

「うむ。漢《かん》の医学書には、人の気質は陰と陽で成り立っていると書いてある。おうおうにしてどちらかに傾きやすく、陽気が強い人は争いを怖れず、むしろ好んで戦いたがる。そら、何かにつけて文句を言ったり、くってかかったりする者がいるだろう」

「おう、女《おなご》にもいるな、こっちが一言文句を言うと、百倍になって返って来る。あれは勝てん」

加門は栄次郎の妻を思い起こして笑いをかみ殺した。

「ああ、男も女も同じだ。陽の気が強い者は気も強い。反対に、陰の気が強ければ、人との諍いを怖れ、避けようとするのだ」

「お、そういう者知っているぞ。文句を言われると、すうっとどこかへ消えてしまうのだ。いかにも陰の気ということだな」

「ああ、まさしく」

「へえ、それじゃ、立つのも寝るのもその気質によるのか。いや、そうなれば、生き方そのものが気質で決まるのか」

「ふむ、そういう見方もできるな。まあ、それほど簡単にわけられるものではない、とも書かれている。人の気質は時と場合によって偏《かたよ》ることもあるしな。一番よいのは双方がほどよい陰陽平和、だとされている」

「いや、だが、腑に落ちるところもあるぞ。そら、だとするとあの町人は寝者であろう、きっと」

栄次郎が目で、猫背でゆっくりと歩く商人を示す。

一揆で立ち上がったのは百姓だけにとどまらず、町人にも広がっている、と話に聞いていた。増税は商家や職人にも及んだため、それに抗しようとする町人らも百姓衆の一統《いっとう》に加わったのだ。

「ああ、そうだろうな。立つのを嫌がる人は、戦うことそのものを怖れるし、負けたり、なにかを失うことをもっと怖れるのだ。だから、敵と見なされることを怖れて、身体を小さく見せる。肩を落としたり背中を丸めたりしてな。そうすれば、相手に従う意志を示せるからな。ああいうお人は、声も小さいはずだ」

「ふうむ、なるほどな。そういえば江戸の役人も下っ端は態度も声も控えめだな。あれは上から睨まれないようにしているのか」

「そうだろう。だが、そうしたなかから、異例の出世をする人は、皆、声も態度も大きい。陽の気質が強いのだ」

「ほう、そういえば老中の松平乗邑公もそうであったし、勘定奉行の神尾春央もそうだったな、どちらも声も態度もひときわでかかった」

「ああ、今なら老中の本多伯耆守様がそうだな。廊下を歩く姿は、まさに肩で風を切る、という言い方がぴったりだ」

加門は失笑をもらす。足下を流れる川の水音で、声も笑いも消されるため、辺りを憚《はばか》る必要はない。

「おう、そうだな。あのお方は声も大きいし、いつでも胸と腹を張っているな」

ああ、と加門は笑いをかみ殺す。

「まあ、陽の気というとよいことのようだが、人の言うことを聞かなかったり、相手を傷つけることを厭《いと》わなかったりもする。困ったところもあるのだ」

「ふむ、すると、陰のほうがよいのか」

「いや、そうとは言い切れん。陰の強いお人は陰で物事をしたりする。裏で策を練ったり、密かに相手の足を引っ張ったりとな。そら、寝者のなかには犬がいる、という話があったろう」

「おう、立者の動きをこっそりと役人に告げ口する、ということだったな」

「ああ、そういうのは陰の気が強い人の得意とするところだ」

「ふむ、なるほど……では、わたしらはそちらなのか」

栄次郎の戸惑いに、加門は笑いを吹き出した。

「いや、心配するな……そうならば、愛想よく多くの人から話を聞くことなどできまい。我らは確かに嘘もつくが、相手の懐にも入れる。情だってなくしたわけではない。我らは陰陽平和だと、わたしは勝手に思っているぞ」

「そうか、ならばよいが」

栄次郎が笑顔になる横で、加門は「あっ」と足を踏み出した。

二人の百姓が野菜を入れた籠を担いでやって来る。年配と若者だ。

若いほうは、江戸で老中の駕籠に飛び込んだ弁次郎だ。

「ちょっと行って来る」

加門は持っていた箱を脇に抱えると、そっと橋詰から離れた。


川を渡って町の細い道へと入って行くと、弁次郎らは一軒の家の前で止まった。地主らしい大きな造りだ。

おや、あの家は……。加門は数日前に聞いた話を思い起こした。

立者の太平治《たへいじ》は、百姓らの寄り合いに家を提供した科《とが》で、牢に入れられたという。それは許されて出たものの、立者としてますます盛んに動くようになった。すると、役人はまた太平治を捕らえ牢に入れたという。美濃の商人を家に泊めたことの届出が遅かった、というだけの科だった。そのまま、数か月経っても放免されていないという。

〈ありゃあ、見せしめだっちゅうて、みんな、怒ってるがね〉と、話をしてくれた立者の職人は言った。

弁次郎らが入って行ったのは、その折りに教えられた太平治の家だ。

加門はその戸口で息を吸い込んだ。弁次郎とは一年以上も前に一度、顔を合わせただけだ、覚えてはいまい……。

「ごめんくださいまし」

と、静かに戸を開ける。

上がり框に座る弁次郎らと太平治の女房らしい女が、こちらを見る。

「お邪魔をいたします。あたしは江戸から来た薬売りでして……」

壮健丹の効能を喋りながら、中へと入り込んで行く。

「へえ、江戸か」弁次郎が目を細める。

「懐かしいな」

やはり、覚えていない、と安心しながら、加門は目を見開いた。

「おや、江戸においでなさったんで」

ほうよ、と女房が膝で進み出た。

「こん人は御駕籠訴様《おかごそさま》じゃもの」

老中に駕籠訴をした五人が、郡上に戻ってから御駕籠訴様と呼ばれ、皆からあがめられている、という話をこちらに来てから聞いていた。

「へえ、そうなんですかい。あれは江戸でも評判になりましたねえ」

ああ、と弁次郎は顎を上げた。

「わしは水呑百姓じゃから訴人にはなれなかったで、駕籠に真っ先に飛び込んだんは、このわしだがね」

「ほう、それはすごい」

目を瞠る加門に、弁次郎は散々話してきたであろう、駕籠訴のようすを身振りを入れて語る。

「へえ、まるで芝居のようですね」と加門は、目を丸くしてみせる。

「それじゃ、その御駕籠訴様達は、もうこっちに戻ってるんですね」

「ああ、国預かりっちゅうことで、それぞれの庄屋の家に閉じ込められたんだがね。それが窓ものう部屋で親兄弟にも会わせんっちゅう仕打ちだったで、皆で、役人に訴えたんだがね。田んぼの仕事もはじまるから、家に帰してくれっちゅうてな。したら、許されて、皆、戻ったんだがね。そら」

弁次郎は隣の年配の連れを指でさす。

「こん吉郎治《きちじ》さは、訴状を差し出した定次郎さの叔父《おじ》でな、今は一緒に畑仕事をしちよるで」

うん、と吉郎治は日焼けした顔で頷く。

「定がおらんかったあいだは、村のみんなが手伝ってくれたがね」

「へえ、郡上のお人は、助け合いが強いんですね」

「そうだがね」そう言って、弁次郎は立ち上がり、太平治の女房を見た。

「じゃで、太平治さのことも放ってはおかんで。皆ん衆もいろいろ考えちょとるで、待っててくりょ」

吉郎治のほうは、懐から巾着を取り出して、加門を見上げる。

「そん薬、元気が出るっちゅうなら、一つもらおうかの、太平治さに差し入れしちゃろう」

へい、と加門は薬袋を取り出した。


十月二十六日。

町を歩いていた加門と栄次郎は前からやって来る一団に道を空けた。

数人の百姓が先頭を歩き、そのうしろに多くの百姓衆が続いている。数百人はいそうだ。誰の足取りも力強く、その眼はしっかと前を見据えている。

「なんだ」

ただならぬようすに、加門と栄次郎は少しの間合いをとって続いた。

おうい、と背後から声が追って来る。

「由蔵《よしぞう》さ、甚助《じんすけ》さ、待ってくりょ」

走って来たのは吉郎治だ。

「吉郎治さん」

そう呼びかけた加門に気づき、吉郎治が足を緩める。息を調えながら、辻を曲がった一団を目で追った。加門もそれを見ながら、

「あれは立百姓の人らですね、どこに行くんですか」

と、問うと、吉郎治は大きく息を吐いた。

「町名主の茂十郎《しげじゅうろう》さのとこだ。太平治を放免しろと掛け合っていたんだが、一向、聞いてくりゃんで、皆ん衆で頼みに行くっちゅう話だ。じゃが、由蔵さも甚助さも堪《こら》えが足りん質《たち》だで……」

「町名主に談判するんですか、役所ではなく」

「ああ、太平治さのことを役人に告げ口したんはその町名主だで。もともと茂十郎さは寝者で、わしら立者を目の敵《かたき》にしとったんだがね。御領主様に楯突くとはなにごとかっちゅうて」

「殿様の味方と敵に分かれている、というわけか」

栄次郎がつぶやく。

と、三人ははっとして顔を巡らせた。

大きな声が聞こえてくる。一団が消えた方向だ。

「ああ、だちかん」

吉郎治が走り出す。

加門と栄次郎もそれに続いた。

町名主の家では、すでに皆が押し入って、さらに大声が飛び交っていた。

家の中から、物が投げ出される。

家の者らしい女や子供が、裏から逃げ出して来る。

怒鳴る声に、物が壊れる音、ぶつかる音などが外へと響き渡る。

「ああ、あまりやったらいかん」

と、吉郎治が手を上げて中に入って行く。

「危ない、やめたほうがいい」

加門はそのあとを追った。

と、背後から大勢の足音が起きた。

「やめんかー」

「おまんら、鎮《しず》まらんかぁ」


足軽を率いた役人の一群が駆けて来る。

手にした棒を振りまわし、役人らは人混みのなかに分け入った。

加門の頭に棒が下りてくる。それを素早く躱《かわ》して、加門は身を伏せた。

が、背後から腕を引っ張られる。

周囲からは棒が風を切る音が響き、殴りつけられる鈍い音が響く。

加門は捕まれた手を、振り払い、その手首を逆につかむと、ぐいとひねった。

呻き声が上がる。

加門は身を伏せて横に這うと、吉郎治の帯をつかんだ。

「こっちに」

思い切り引いて、地面を引きずる。

庭の隅まで引くと、茂みの陰に吉郎治を押し込んだ。

加門は、その足で戻る。

「栄次郎、どこだ」

あちらこちらで怒声が立ち、呻き声も洩れる。捕まえられた百姓に縄がかけられ、引きずられている。

「加門」

栄次郎が役人に着物の裾を引っ張られ、倒れ込んでいる。

加門はその場に走る。

一度、腰を落とすと、すぐさま右足をまわし、伸びた役人の腕を蹴り上げた。

身体ごと、役人が飛ぶ。

「さっ、来い」

伸ばされていた栄次郎の手をつかむ。立ち上がった栄次郎の手を引いて、また加門は走った。

そのまま外へと駆けて行く。

「こんな所で巻き込まれてはまずい」

「ああ」

二人は走る。

騒動から離れると、遠巻きにようすを窺った。

「皆ん衆、静まれ」指揮を執っていた役人が声を張り上げる。

「願いの儀は手前から取り次いでやるで。ここは収めて、村へ戻れ」

百姓衆は静かになった。

小声を交わしながらも、やがて町名主の家から出て来た。

ぞろぞろと、それぞれの方向へと歩き出す。

加門はつぶやきつつ、目の前を通り過ぎて行く百姓衆を見送る。残っていた百姓二百人ほども、やがて外へと出て、歩き出した。が、加門はおや、と目を向けた。百姓衆の去って行った道を、役人と足軽が進んで行く。百人はいるであろう一団だ。

「収まったのか」

「町を出るまで監視するつもりだな」

二人もそのあとに付いて歩き出す。

役人らの足はだんだんと速くなった。

町外れの八幡社で、役人たちの一団は百姓衆に追いつく。と、手にしていた棒を掲げ、百姓衆に向かって行った。

再び怒号が起こり、乱闘になる。

「襲うために追っていたのか」

加門のつぶやきに、栄次郎も目を剝く。

「なんと、役人もずいぶんと荒っぽいな」

武器を持たない百姓は、足軽の棒で打ち据えられている。が、やがてそれもやんだ。

役人がとめたらしい。

その一行は来た道を戻りはじめた。

加門らは木陰からそれを見送る。

百姓衆は互いに助けながら、傷の手当てなどをしている。

「見せしめというわけか」

加門は眉を寄せた。

「いやぁ」栄次郎も顔を歪めた。

「これほどこじれているとはな」

二人は村へと歩き出した百姓衆の背中を見送った。

三

加門と栄次郎は、薬箱を抱えた姿で、城下の道をゆっくりと歩いていた。

天守閣のある山の裾に、城の御殿と役所が集まっている。

その周辺に並ぶのが、重臣らの屋敷だ。

すでに何度も通って、それぞれの屋敷の主もわかっていた。

あっ、と加門はある門に目を留めた。寺社奉行根尾甚左衛門の屋敷だ。

門が開き、中から馬に乗った主とそれに従う家臣らが出て来る。

「根尾甚左衛門か」

栄次郎も横目でそれを見る。

二人は道の端に寄って、一行を見つめた。

すでに十一月。馬も馬上の根尾も、吐く息が白い。が、根尾は大きく胸を張って、顎を上げている。その羽織も袴も、馬の歩みにもかかわらずあまり揺れない。

「いい物を着ているな」

加門はつぶやいた。

一行が城の門に消えて行くと、

「行こう」

加門は町のほうへ歩き出した。

「どこへ行く」

栄次郎も付いて来る。

並ぶ商家の前で、加門は足を緩める。通り過ぎ、また戻って来たところで、よし、とつぶやいた。

呉服屋の近江屋《おうみや》から、風呂敷包みを抱えた若い奉公人が出て来たのだ。すでに言葉を交わしたことのある手代見習いの佐吉《さきち》だった。

「やあ、佐吉さん、届け物かい」

加門が寄って行くと、佐吉も「ああ、薬屋さん」と笑顔を見せた。

「お寺に持って行くんです。袈裟《けさ》を直したんで」

横に並んで、共に歩く。

「へえ、商売繁盛だね。そういえば、さっき、寺社奉行の根尾様を見かけただんだが、ずいぶんいいお召し物だったなぁ。あれも近江屋さんで誂《あつら》えたのかい」

「そうだがね。あれは京から仕入れたもんで、とびきりの上物だっちゅうて、うちの旦那様も自慢しとったがね」

「ほう、根尾様は前から着道楽なのかい」

「いや、そうじゃねえ」

佐吉は首を振るが、口を半端で止めた。加門はにっと笑って、佐吉を見た。

「やっぱり、石徹白のおかげというやつかい」

佐吉の口が弛《ゆる》む。知っているのか、という目顔だ。

「そうだがね、根尾様の着物は石徹白の木が化《ば》けちょる、と陰では言うもんもおるが、うちの旦那様は豊前様は権現様っちゅうて言うちょるがね」

そうか、と加門は腑に落ちる。石徹白豊前が山の木を伐って売っており、その金が根尾に渡っていることは、この城下でも知られているのだな……。

「その豊前様も着物を誂えに来るのかい」

「はあ、ようく来なさるで。京の上物をお誂えになるで、旦那様はほくほくだがね」

「なるほど、いいお客というわけだ」

栄次郎がつぶやく。

そして、と、加門は腹の底でつぶやく。そうして利を得る者は寝者になるというわけか……。

佐吉は辻で手を上げた。

「わしはあっちに行くで」

「おう、そうかい、またな」

加門は愛想よく、佐吉を見送った。

「石徹白に行こう」

加門は傍らの栄次郎に言った。

上りの山道を加門と栄次郎は歩き続ける。手ぶらの旅姿だが、勾配に息が切れ、息が白くなる。

「城下より寒いな」

うしろでつぶやく栄次郎に加門は振り向いた。

「ああ、だから、行くなら今のうちだ。下手《へた》をすると、雪が積もる」

二人の足が、地面を踏みしめる。澄んだ水が流れる川沿いの道だ。

やがて、もう一本の川が合流した。

「ああ、この村が前谷村《まえだにむら》だな、定次郎さんらがいる村だ」

加門は懐から紙を取り出すと、それを広げた。山や川、村などを記した絵図だ。宿で聞き出し、栄次郎が描いた物だ。

「こんな山奥にも、ずいぶん村があるのだな」

「ああ、百姓衆はこんなに離れた場所から集まっていたのか」

加門は辺りを見まわす。

「吉郎治さんもいるのだろう、会っていくか」

栄次郎の言葉に、加門は首を振った。

「いや、石徹白はもっとずっと先だ。急ごう」

二人は再び山間《やまあい》の道を登りはじめた。

石徹白は越前《えちぜん》との境にある村だ。古くから霊峰《れいほう》とされる白山《はくさん》への登山口ともなっており、山岳信仰の地だ。それだけに、山深い。

加門は木々のあいだから空を見上げた。陽はすでに頭上にきている。

道はしばらく前から、なだらかになっていた。

「あっ」加門は声を上げる。

目の先に家がある。が、遠目でも廃屋であるのがわかった。

寄って行くと、やはり人の気配はない。

戸は破られ、中が丸見えだ。がらんとした中には、家財が一つもなく、木の椀だけが転がっている。

「こっちは馬小屋だ」

栄次郎の声に、脇へ行くと、母屋続きで小屋があった。馬は集められ餓死させられた、という話が耳に甦る。

「ひどいな」

二人はそこから離れた。少し先にも家が見えていたからだ。

同様の廃屋だが、こちらはさらに壊されている。斧《おの》などで打ったらしく、柱が折れ、傾いている。やはり、内にはなにもない。ただ、土間には作りかけの草鞋が転がっていた。

「畑があるぞ」

栄次郎が家の横を指さす。野菜を作っていたらしい畝《うね》が残されており、枯れた葉が重なっている。

「五百人が追放されたと言っていたから、こんな家がたくさんあるのだろうな」

加門はさらに先へと進む。

廃屋が、右にも左にも見える。と、その首筋に緊張が走った。

誰かが見ている……。

加門は眼だけを動かし、辺りを探る。

左の前方に壊れていない家が見える。

窓で人影が動いた。

「気をつけろ、警戒されているぞ」

加門は隣の栄次郎にささやく。

その家を通り過ぎ、さらに奥へと進んだ。

加門は背中に気を集める。

人の足音だ。一人や二人ではない……。

足音は少しずつ増えていく。十人を超えたな、もう十数人か……。

加門は懐を押さえた。念のために匕首《あいくち》は携えてきている。

「どうする」

栄次郎が耳元でささやく。と、背後の足音が鳴った。

「待て」

こちらに駆けて来る。

止まって振り返った加門は、目でざっと数を数えた。男達が二十人ほど、多くが腰に帯刀している。柄《つか》に手をかけた者もおり、じりじりと寄って来る。

「おまさんら、どこのもんだね」

一歩踏み出した男に、加門は大きく目を見開いて見せた。

「ええ、なんですかい」

「あ、あたしらは江戸の者で」栄次郎も驚き顔で言う。

「八幡の御城下で、ここに白山中居権現という立派な権現様があると聞いたもので、お参りしようかと……」

「江戸だと」男は口を曲げる。

「こんな山奥までよく来られたもんじゃのう」

はい、と加門は真顔になる。

「ここの権現様は御利益が大きいと聞きまして、必死で来たんです」

「そうそう、縁結びの御利益もあると聞いて、そりゃ、お願いしようと」

栄次郎も真剣な面持ちを作った。

男達のなかから、小さな笑いが洩れる。

先頭にいた男が振り返った。

「豊前様、こがい言うてますが」

男達の群れが割れ、うしろから一人の男が進み出た。

これが石徹白豊前か……。加門はその顔を見る。百姓らと違って日に焼けていない顔はのっぺりとしている。が、目つきは険しく、口が右上がりに曲がっている。

「権現様は修復中じゃ。お参りはできん」

豊前が高い声で言い放つ。

「そういうことじゃ」先頭の男はこちらに向き直ると、来た道をさした。

「この先、行くことはならん。さっさと戻らいか」

「おう」

「そうじゃ、そうじゃ」

男達の声が上がる。

加門は栄次郎と目で頷き合うと、

「はい」

と、腰を曲げた。

「せっかくここまで来て残念ですが、お参りができないいんならしょうがない、帰ることにします」

「ああ、残念だったなぁ」

栄次郎は山を見上げて肩をすくめる。

「とっと去《い》ねんと、猪《しし》が出るで」

うしろの男から声が上がる。

「いっそ猪に食わいてやれ」

別の声に笑いが起こる。

加門と栄次郎はその笑いを聞きながら、来た道を戻りはじめた。

廃屋を目に焼き付けながら、加門は、

「追放された石徹白衆の元にも行ってみよう」

そう栄次郎にささやいた。

長良川《ながらがわ》沿いに下って行くと、母野《はんの》の地で郡上の国から美濃の直領に入る。

杉本左近に聞いていた芥見村に行くと、篠田源兵衛の家は、すぐに見つかった。

古くからの豪族らしく、広い敷地に大きな屋敷が建っている。その敷地では、小さな畑を世話している人々がいた。

「追放された石徹白衆だろうか」

門から覗いて言う栄次郎に、

「そうだろう、行こう」

加門は中へと入って行った。

「こんにちは、薬売りですが」

愛想よく話しかける加門に、しゃがんでいた人らが顔を上げる。

「薬、かね」

「はい、壮健丹といって、江戸の医学所で造った物です。疲れも消えるし元気も出るというういい薬ですよ」

「へえ、じゃ、もらっとこうかね、道中に持って行くとちょうどいいがね」

立ち上がった男に、加門は袋を差し出しながら小首を傾げる。

「道中とは、江戸ですか」

相手が怪訝そうな面持ちに変わるのを見て、加門は笑みを見せた。

「いや、皆さんは石徹白のお方でしょう。郡上八幡の城下で聞いて来たんですよ。実はこのあいだ、あたしらは石徹白村に行ってきたんですよ。お参りしようと思って」

加門の言葉に、しゃがんでいた全員が立ち上がった。女も子供いる。

「村に」

「どんなじゃったね、村は」

たちまちに取り囲まれ、加門はそれぞれの顔を順に見た。

「いや、それが豊前様というお人と村人から帰れと言われて、お参りできずに戻って来たもので……」

そのときのようすを、説明する。

「修理なぞ嘘じゃ、村のようすを知られたくないだけだがね」

「そうじゃ、あいつら、わしらを追い出して、ますます気を大きくしたに違いないがね」

「ああ、豊前の得意顔が目に浮かぶようじゃ」

「おう、憎いのう」

「憎いのは寺社奉行の根尾もじゃ、あん男がまともじゃったら、こげんことにはならんかったがね」

口々に苦々しく言葉を吐き出す。

栄次郎はそんな人々をなだめるように微笑んで、薬袋を出した。

「いや、あたしらも城下で皆さんのことを聞いて気になりましてね、薬を持って来たわけです。お安くしておきますから、どうぞ」

加門も薬袋を差し出しながら、で、と首を傾げた。

「江戸に行くというのは、お呼び出しがあったんですかい」

「いんや」と男は首を振った。

「お呼び出しどころか、いつまで待ってもなんの沙汰もありゃせんがね。このまま年が暮れれば、うやむやになってしまうかもしれんで、また新しく訴状を出しに行くんだがね」

「訴状、ですか」

「そうじゃ、駕籠訴の訴状は寺社奉行の本多様に任せられたというで、その本多様直々に訴状を出すんだがね」

「ああ」と隣の男が頷く。

「待っていても埒が明かん。わしらが江戸に行くがね」

「そうですか」

加門はさらに薬袋を取り出した。

「では、これはおまけです。道中、役に立つはずですから」

「ほう、こりゃ」

「おおきに」

皆の顔が弛む。女の一人は手を合わせて、加門に礼をした。

「権現様のご縁じゃ」

隣の子供もそれに倣い、「おおきに」と頭を下げた。

四

宿の座敷に、朝の膳が運ばれて来た。食事をとるための座敷だが、膳は二つしかない。客は寒さが増すとともに減り、十二月に入ってからは、加門と栄次郎の二人だけになっていた。

「また握り飯を頼んできたぞ」

加門は台所から戻って、膳に付く。

「おう」栄次郎が早速、飯椀を手に取った。

「郡上の米は本当にうまいな、甘いし香りがいい」

「ああ、水がいいからだと言っていたがな、江戸に持って帰りたいくらいだ」

二人は箸を口に運ぶ。

「このあいだの蕎麦《そば》もうまかったな」

「うむ、味噌もうまい」

頷く加門を、栄次郎は上目で見る。

「いよいよ郡代の探索か、なにか策は考えてあるのか」

うむ、と加門は味噌汁を飲み下して顔を上げる。

「この手でいこうと思っている……」

加門は小声で話し出した。


二人は握り飯を背に、長良川沿いに下る。

母野を抜け、美濃の直領に入っても、さらに川沿いに下って行く。途中、土手下の木陰で風をよけ、清流を眺めながら握り飯を食べた。

流れの音を聞きながら、さらにしばらく歩き、長良川を離れる。

「ここから南へ下って行く。そうすれば木曽川《きそがわ》に当たる」

加門が先に立って、歩き出した。

木曽川のほとりの笠松《かさまつ》に、美濃郡代の陣屋《じんや》はある。山に囲まれた郡上と違って、広々とした美濃の地を、二人は歩いた。

「笠松だ」

家並みのある町に入ると、立派な造りの陣屋はすぐに見つかった。

門番は、町人姿の加門と栄次郎をじろりと睨《ね》めつけた。

「なんだ、そのほうらは」

加門はつっと歩み寄ると、門番にささやく。

「われらは公儀御庭番、御下命を受けて参った。郡代の青木様に取り次がれたい」

ひっという息をもらし、

「こ、これは御無礼を」

と、門番は下がって腰を曲げる。

慌てて中へ走った門番は、同じように慌てて戻って来た。

「どうぞ、奥へ」

案内されて陣屋に上がる。と、すぐに郡代の青木次郎九郎が姿を見せた。以前、下流の川普請《かわぶしん》の折に、遠目から見た顔だ。

近くで見ると、思いのほか皺が深いな……。加門はその顔を窺いながら、懐から畳んだ紙の手形を取り出した。

「こちらをお取り計らいください」

御庭番は遠国《おんごく》へ赴くとき、公儀から出された手形を持って出る。金子《きんす》が足りなくなった折には、直領の郡代を訪ね、その手形を渡すのだ。そこに記された金子を渡すことは、郡代の役目の一つとなっている。

「少々、お待ちを」

青木は席を外すと、しばらくして包みを持って戻って来た。

「お納めを」

「確かに」

加門は受け取って懐にしまう。

青木は窺うように、二人の顔を見た。なんの調べか、とその目は探っている。

加門は、一つ、咳払いをすると口を開いた。

「実は、郡上の石徹白騒動を調べに来たのです」

「ほお、そうでしたか」

穏やかな面持ちになった青木に、加門は頷く。

「石徹白の社人らは、母野で追放されたため、この美濃で暮らしている者が多いと聞きました。青木様もご存じでしょうか」

「うむ、それはむろん。村を身一つで追われたと聞きましたから、美濃の者らにも、無下《むげ》にしてはいかん、と申し渡しております」

胸を張る青木に、加門は「ほお」と感心してみせる。

「それは情深いことを。青木様は追放された社人らに会われましたか」

「いや、そこまでは……芥見村の篠田殿が世話をしていると聞いてますが」

「ええ、そのようですね」加門は頷いて、姿勢を正した。

「明日は、美濃にいる社人らに会おうと思うているのです。今夜はこの陣屋に泊めていただきたいのですが」

「どうぞ、御用なのですから、遠慮なさらずにお泊まりを」

青木は顔を巡らせて、「西村《にしむら》」と声を上げた。

「西村佐七《さしち》はおるか」

遠くから「はい」と声が戻り、足音が走り込んで来た。

廊下で畏まる佐七に、青木が手を上げる。

「このお二人を奥の座敷に案内せよ。お泊まりになるゆえ、お世話をするのだぞ」

「はっ」と、佐七は二人に向かって低頭した。


座敷で夕餉をすませると、西村佐七がやって来た。

「なにか御用がありましたら、遠慮なくお申し付けください」

硬い目元で、上目がちに言う。御庭番の役目をわかっているのだろう。

「いや」と、加門は笑んでみせる。

「お心遣い、充分です。西村殿は青木様の手代とお見受けするが、お仕えして長いのですか」

「はい、殿には江戸にてお仕えして、そのまま付いて参りましたので、わたしが一番長い家臣です」

「ほう、それは、郡代殿の信頼も篤《あつ》いのですね」

加門の言葉に、西村は「いやぁ」と面持ちを弛めた。

栄次郎がやはり笑顔になって、口を開く。

「われらは郡上八幡の城下から来たのです、西村殿も行ったことがおありか」

「ああ、はい、いくどか行きました。殿の遣いで」

ほう、と加門は小首を傾げる。

「近いとなにかと行き来もあるでしょうね……こちらから遣いが出されるということは、あちらからも来たりもするのですか」

「ええ、まあ」言いよどみながらも、西村は頷いた。

「いくどか御領主様の書状を持って、御家来が来たことはありますが……」

西村はそわそわと腰を浮かせて揺らす。

「いや、引き留めて申し訳ない」加門は微笑んだ。

「石徹白騒動のことを調べているもので、郡上藩の動きも知りたいのです。追放となれば周りにも厄介をかけることとなるはずですから、日頃のつきあいも大事にしているかと思ったのですが」

ああ、と西村は腰をやや落ち着けた。

「そうですね、郡上の荷運びはこの美濃を通りますし、木を運んだりもしますから、なにかと……御領主様と郡代様は、互いに礼を尽くしておられるようです。われら下の者にはよくわかりませんが」

「なるほど、隣同士では、頼み事なども交わされるのでしょうね」

加門の問いに、西村は再び腰を浮かせた。

「さあ、そこまでは、手代ごときにはわかりかねます。あの、布団を持って来させますので、これで失礼を」

西村は、一礼すると、出て行った。

すぐに中間によって布団が運ばれ、二人分が敷かれていった。

「ふうむ」栄次郎がその上に寝転がって天井を見る。

「やはり金森藩主と青木郡代は通じていたか。あの西村という手代、我らに訊かれたことを郡代に話すであろうな」

「ああ、だろうな。郡代も気になっているはずだ。明日、もう一度、青木郡代と話して、探ってみよう」

「尻尾《しっぽ》を出すだろうか」

「おそらく……青木郡代は上からの評判がいい。そういう者は、上司には忠実ということだ。我らが将軍の御下命で動いているとわかっているのだから、郡代もそれなりの腹づもりでくるであろうよ」

「うむ、そうか」栄次郎が立ち上がって、着物を脱ぎはじめる。

「では、明日に備えて寝ることにしよう」

そういうと、素早く布団に潜り込む。

加門が帯を解きはじめると、栄次郎からはすでに寝息がもれていた。


朝餉の膳が下げられると、入れ替わりに青木次郎九郎がやって来た。

「よく休まれましたかな」

ええ、と二人は向かいに座った青木に頷く。

「おかげさまで、旅の疲れがとれました」加門は端座する。

「ところで青木様は石徹白豊前や寺社奉行の根尾甚左衛門殿に、お会いになったことがありますか」

「いや、ありませぬ」青木はきっぱりと首を振る。

「郡上藩とは多少のつきあいがあるとはいえ、他藩のことに深入りするのは筋違いですから」

「それはそうですね」加門は頷く。

「ですが、郡上の庄屋をここに呼んで、検見取に従うようにお触《ふれ》を出した、と聞き及びましたが」

「ああ、あれですか」青木は予期していたように、背筋を伸ばす。

「初めは金森様からその書状が来たのですが、郡代が他藩の政に関わるは筋違い、と断りました。しかし、その後、江戸の勘定奉行大橋近江守様より書状がきまして、そのようにいたせ、と指示を受けたのです」

「ほう」加門は驚きを呑み込んで、穏やかに返す。

「江戸からですか」

「ええ、されど、それでもやはり筋違いと心得ましたので、お断りを申し上げたのです。江戸に書状を出しまして」

意外な話に、加門は横目で栄次郎と目顔を交わす。

青木はそれを察しながら、胸を張った。

「そうしたところ、再び、書状が参りました。そこには大橋様の一存ではなく、同じ勘定奉行の曲淵豊後守様のご指示、さらにそのことは寺社奉行本多長門守様もご存じのこと、と記されておりました」

加門は口中で沸く唾をそっと呑み込んだ。

青木は顎を上げ、「さらに」と声を高めた。

「金森様からも書状が届き、老中本多伯耆守様もご承知のことと、知らされたのです。

さようであれば、それは御公儀の命《めい》、わたしは従うまでのこと、と判断いたし、江戸にも承知の書状を出しました」

「なるほど」加門は掠れそうになる声を太くした。

「それゆえに、郡上の庄屋を集めて、布告をしたわけですね」

「さようです」

青木は大きく首を振る。

「そうでしたか」加門は掠れた喉で、咳を一つ払った。

「いや、余計なことにまで話が飛びました。しかし、郡上藩主の顔の広さがよくわかりました」

「ああ」栄次郎は軽い声を出す。

「さすがは奏者番であられる、いや、石徹白騒動のことも、手がかりになりました」

青木は二人に向かって、眼を据えた。

「いや、わたしも余計なことを申しました。なれど、わたしの申したことに、嘘偽りはありませぬ」

加門はその眼を見返して頷いた。

「あいわかりました」

「さ、では」と、栄次郎が腰を上げる。

「泊めていただいて助かりました。これにて失礼を」

「いえ、お役目、ご苦労様です」

青木は小さく、頭を下げた。

五

十二月。

宿の朝餉を終えて部屋に戻った加門は、窓を開けて空を見上げた。山の上は雪で白くなっている。

「おっと、加門、窓を閉めてくれ」

栄次郎の声に慌てて窓を閉め、加門は振り返った。

畳の上に広げた紙が、風で散っていた。

「ああ、すまん、大丈夫か」

加門はしゃがんでそれを手に取った。廃屋の並ぶ村が描かれている。

「石徹白村か」

「ああ、忘れないうちに描《か》いておこうと思ってな」

受け取った栄次郎は、それを束に戻すと、加門を見た。

「どうする、いつまでいるのだ。もうひととおり、調べはすんだのだろう」

「ああ、そうだな、明後日あたりに発つことにするか。うまくすれば、年内に江戸に戻れるかもしれない」

「うむ、それはいい……青木郡代のことも報告せねばならんしな。あれは意想外であったからな」

眉を寄せる栄次郎に、加門もつられる。

「まったくだ、寺社奉行の本多長門守様はおそらく裏でもつながっているだろうと思っていたが、まさか、老中の本多伯耆守様までとはな」

「ああ、吟味が一向に進まなかったのも、そのへんの力が加わっていたせいかもしれないな」

「ありうるな。本多伯耆守様は、普段でもよその事まで口を挟むことが多い、と聞いたことがある。力を誇示したがるお方だという噂だ」

「ふうむ、そういうお方なら、金森藩主にとっては都合がいいだろうな」

ああ、と加門は立ち上がった。

「そなたは絵を描くのだろう。わたしは町へ出て来る。もう一度、吉郎治さんに会えるといいのだがな。定次郎さんらのようすも聞きたいし」

「おう、行ってこい」

栄次郎の声を背中で受けて、加門は薬箱を抱えて外へと出た。

町をゆっくりと歩く。

「おや、薬屋さ、ちょっと寄ってくりょ」

すでに顔なじみになった者も多い。

「まいどあり」

薬袋も残りが少ない。

行きつ戻りつ、川沿いの道を歩いていると、加門ははっと、足を止めた。前から弁次郎がやって来る。連れ立っているのは、町名主の騒動のときに、先頭に立っていた若い男だ。

「弁次郎さん」

加門が声をかけると、二人は立ち止まった。

「こりゃ薬屋さ、まだいたかね」

「ええ、もうすぐ薬がなくなるんで、そうしたら帰ります」

「そうかね、いや、吉郎治さんがあんとき助けてもろうて、礼を言いたいっちゅうていたがね」

弁次郎は隣の男を肘で突いた。

「そら、甚助さらが町名主の家に乗り込んだときのことだがね」

そうか、この人が甚助さんか……。加門は吉郎治の言葉を思い出していた。

「ああ、あんときか、そりゃどうも」

甚助が、加門に小さく会釈する。

「そうじゃ」弁次郎は甚助を指さして、加門に頷く。

「こん人は気良《けら》村の甚助さちゅうて、はじめっからの立百姓だがね」

「ああ、甚助さん」加門が笑顔を向ける。

「あのとき、吉郎治さんから聞きました。立百姓を率いているそうで」

堪えが足りないと、という言葉は喉の奥にしまった。

へん、と甚助は胸を張る。

「気良村は山んなかじゃで、なんかあっときは、真っ先に走って来るんだがね。足はこの弁次郎さにも負けんがね」

「ああ、どっこいじゃ」

二人は向き合って、笑い合う。と、弁次郎が加門に向いた。

「わしらはそれぞれ行くとこがあるで、ここで」

「ああ、はい、また」

加門が道を譲ると、二人は歩き出した。見送っていると、次の辻で二人は別れていった。


半刻ほど経った頃、加門は歩いていた足を止めて振り返った。

なにやら、ただならぬ声が上がっている。

なんだ……。そちらに向かって走った。

辰巳《たつみ》屋という商家から、縄をかけられた男が引きずり出されてくる。甚助だ。縄を引いているのは、足軽だ。

「そうじゃ、これが甚助だがね」

足軽の横で、一人の男が声を荒らげている。

「よし、来い」

三人の足軽に引き立てられ、甚助が引き立てられて行く。

店の中から出て来た主らしい男は、おろおろとそれを見ていた。

そこに足音が駆けて来る。

「なんがあった」

弁次郎だ。

ああ、と辰巳屋がその腕をとった。

「甚助さが、連れて行かれた。店でわしと話しをしちょったら、いきなり天目屋《てんもくや》の彦《ひこ》兵衛《べえ》が、足軽を連れて飛び込んで来たんだがね。そいで、あっという間に縛り上げられて……」

「なんちゅう」

拳を握る弁次郎に、加門が寄る。

「どういうことですか」

「ああ……こん辰巳屋さは立者じゃが、天目屋は寝者じゃで、わしらを目の敵《かたき》にしちょるんじゃ。普段から役人に告げ口をしとるで、甚助のことを見かけて、言いにいったに違いないがね。役人らは、町名主の騒動以来、ますますわしらを押さえ込もうとしとるんだがね」

「なるほど、で、立百姓の先頭に立つ甚助さんを捕まえたというわけか」

加門のつぶやきに、「そうじゃ」と弁次郎は拳を振り上げた。

「こうしちゃおれん、気良村に教えに行かいではならんで」

そう言うと、弁次郎は走り出した。

これは……。加門は宿に戻ると、栄次郎に言った。

「戻るのは先に延ばそう。また、事が起きた。揉め事になるかもしれない」


数日後。

宿の窓から、加門は首を出した。

道を、人々が走って行く。町方よりも百姓のほうが多い。

「なにかあったか」

加門と栄次郎は外に出て、人々に続く。小走りに駆けながら、

「どうしたんですかい」

横の男に聞く。と、

「甚助さが殺されたと」

そう言い放って、男は足を速めた。

えっと、思わず声をもらして、二人は顔を見交わす。ともに駆ける足が速まった。

走る人は、どんどんと増えていく。

川を下って、たどり着いたのは穀見村《こくみ》だった。

河原は刑場になっている。

人混みをかき分けて、加門は前へと進み出た。

竹で組まれた囲いの向こうが、刑場だ。

河原に敷かれた筵《むしろ》の上に、男の身体が横たえられ、首が置かれている。甚助だ。

足軽が二人、そのそばに立っていた。

「南無阿弥陀仏《なむあみだぶつ》、南無阿弥陀仏」

唱える声があちらこちらから湧き上がる。

「ゆんべのうちにやったらしい」

「吟味もせんと打ち首にしたっちゅうことか」

震える怒声が起きる。

「なんちゅうことか」

「高札もないっちゅうんは、どういうことだがね」

斬罪《ざんざい》に処すときには、罪状を記した高札を立てることが決められている。その上で白昼、衆目の前で行うのが常だ。

「無法にもほどがあろうが」

「役人めが」

人々の呻きが怒声へと変わっていく。

「甚助」

そこに切り裂くような声が上がった。

人混みが割れ、四人の男女が走り込んで来た。甚助の家の者らしい。

「甚助ぇ」

母が竹をつかんで、声を張り上げる。その横の父は、目を赤くして唇を噛んでいる。

「兄《あに》さ」

妹と弟が、ともに叫ぶ。

「甚助」

繰り返す母の張り裂ける声に、皆、俯いた。

加門と栄次郎は、その人混みから、そっと引いた。

「酷《むご》いな」

栄次郎のつぶやきに、加門は、

「ああ、藩は立百姓を潰しにかかったようだな」

ささやきで返した。

「しかし、手続きも踏まずとは、荒っぽいことをする」

歪めた目で、互いに見交わす。当面、江戸には帰れないな、とその目顔で頷き合った。

予期したとおり、騒動は起きた。

気良村の人々が城へと押し寄せ、甚助の打ち首に抗議の声を上げたのだ。が、それも力で追い払われた。

城下も村々もざわついたまま、年が替わった。

宝暦八年、正月もそのまま過ぎていった。

六

加門は宿を出て、辰巳屋へと向かった。加門はいくども店を訪れ、主の勘助《かんすけ》と親しくなっていた。

甚助が捕らえられ、打ち首にされてからすでにひと月以上。すでに二月も中旬になっていた。

「こんにちは」

寒さよけに少しだけ開けられた戸口から身を差し込み、加門は店の中へと入る。

「おや、薬屋さ、寒いで早うこっちへ」

勘助は帳場台から出て来ると、上がり框に敷物を差し出した。

加門はそこに座ると、外を顎で示した。

「騒ぎはまだ、収まりそうにありませんね。まあ、あれだけの無体をされては、皆さんが怒るのは当たり前ですが」

へえ、と勘助は上目で加門を窺うと、膝ですり寄って来た。

「薬屋さは、江戸に戻るかね」

「ええ、もう少ししたら、帰るつもりです。雪も少なくなってきましたんで」

「ほうかね、なら、言うておくがね、立百姓が江戸に行ったたで。今度は町奉行所に訴えることになったんだがね」

「町奉行所……」

「そうだがね、駕籠訴をしてからずいぶん経つのに、御公儀からなんの音沙汰ものうで、おまけにこんたびの甚助の打ち首じゃ。これ以上、待っておったら、なにが起きるかわからんっちゅうて、訴え出ることを決めたそうだがね。もし、それでもだめなら、箱訴も考えちょるそうじゃ」

「箱訴……」

目安箱に訴状を入れることを、近頃では箱訴と言うようになっていた。

「おまさん、もしも江戸で百姓衆に会うたら、助けてやってくりょ」

小声で言う勘助に、加門は頷いた。

「へえ、そりゃ、会うことがあったら……けど、また江戸に人を出すとなると、大変でしょう、なにかと……」

金がかかるであろうに、と喉元に出かかる。勘助はそれを察して、頷いた。

「だもんで、皆でまた割符金《わっぷきん》を出しとるだがね」

立百姓や町の立者らは、これまでも割符金を出し合ってきた、という話はすでに聞いていた。駕籠訴の折もそれが元手になっていたという。

勘助は袖の中から白い包みを出した。

「前はちいと渋ったが、今度は渋らん。甚助の供養じゃで」

勘助は騒動のあと、いくども言っていた。

〈あんとき、わしが裏から逃がせば、こげんことにゃならんかっただろうに〉

加門の耳には、その言葉が深くしみ込んでいる。と、

「ごめんくだせえ」

戸口から人が入って来た。現れたのは弁次郎だ。

「おう、弁次郎さ、待ってたがね」

勘助の手招きに、弁次郎は、

「おや、薬屋さもいたか」

と、寄って来る。

加門は立って、場所を空けると、

「じゃ、あたしはこれで」

と、背を向けた。

「弁次郎さ、これを」

小さく振り向いた目に、包みを渡すのが見てとれた。

道をゆっくりと歩きながら、加門は振り返る。辰巳屋から出て来た弁次郎は、早足で別の店へと向かって行った。


二月二十四日。

宿にいた加門は、道を行く足音に窓を開けた。

数人の百姓が走って行く。

なにかあったか……。加門は栄次郎とともに、外へと出た。

辰巳屋の勘助が、慌てふためきながら、こちらに来る。

「どうしたんです」

「ああ」勘助が手を空で泳がせる。

「歩岐島《ほきしま》村で騒動が起きたそうで。立百姓の四郎左衛門《しろうざえもん》さが襲われたことから、何日か前から、寝百姓と立百姓がぶつかって騒動になってたらしいで。そこに、役人らが足軽を連れて乗り込んで来たっちゅう話だがね。立百姓らも、こうして駆けつけるとこで」

険しい顔つきの百姓らが走って行く。

「行こう」

加門は栄次郎に言うと、走り出した。

山のさらに奥へと走る。かつて石徹白村に行った折に通った道だ。

白鳥《しろとり》村を抜け、さらに緩やかな山道を進んで行く。

やがて、騒ぐ声が聞こえてきた。

大勢の百姓らがすでに集まっていた。

二千人以上いそうだ……。加門はざっと目で数えて、唾を呑む。

その中で、足軽らが刀を振りまわしている。

「抜刀しているぞ」

栄次郎が指をさす。

武器を持たない百姓への抜刀は、どこの国でも禁じられている。

斬られ、血を流している百姓の姿も見える。

「あっ」と、加門は乱闘のなかへと駆け出した。

「吉郎治さん」

足軽の棒に打ち据えられ、吉郎治が身を丸めている。

「よせっ」

加門は棒を持つ足軽の股を蹴り上げた。呻き声を上げて、足軽が転がる。

「こいつっ」

隣の足軽が、加門に刀を振り上げた。

身を伏せ、加門はその腹に頭突きをくらわせる。

身を崩した足軽から刀を取り上げ、加門は相手の鳩尾《みぞおち》を峰で打った。

「吉郎治さん、立てますか」

その腕を引っ張って、立たせる。

「大丈夫か」

栄次郎も奪った棒を手に、駆け込んで来た。

周りからは、怒声やうめき声が湧いている。

「吉郎治さ」

そう呼びながら来たのは、弁次郎だ。

「あ、薬屋さ……」

そう言って止まった弁次郎の背後に、刀の刃が光った。

「危ない」

加門は弁次郎を突き飛ばし、足軽と向き合う。

正眼に刀を構えた加門に、足軽が狼狽した。その隙を突いて、

「やあっ」

加門が相手の手首を打つ。

落とした刀を、素早く栄次郎が拾った。

「さ、うしろへ」

加門は吉郎治と弁次郎を、乱闘の外へと連れ出す。

弁次郎は打たれたらしい額を押さえながら、大きく息をした。吉郎治も肩を押さえ

ながら、乱闘の群れを振り返る。

「こりゃ、だちかん」吉郎治は弁次郎の肩をつかむ。

「喜四郎さと定次郎さが狙われるかもしれねえ、おまんは切立村《きったて》に走って、喜四郎さを連れ出してくりょ。わしは定さを連れ出すで」

「ああ、わかったで、どこへ連れて行こまいか」

「山の鹿番小屋《しかばんごや》がよかろう」

よし、と弁次郎は走り出す。

吉郎治も「おおきに」と言うと、加門らに背を向けた。加門はその袖をつかむ。

「あたしらも行きます」

吉郎治とともに走り出す。

「じゃが……」

首を振る吉郎治にめがけて、うしろから棒が振り下ろされた。

加門がそれを刀の峰で弾く。

加門は吉郎治の腕をとって、走り出す。

「やはり危ない、付いて行きます」

吉郎治が走りながら、頷く。栄次郎もうしろを振り返りながら、しんがりに付いた。

三人は前谷村へと走り出した。

「定さ、早く」

村の家から、吉郎治が定次郎を引っ張り出す。

事の次第を説明する吉郎治に、定次郎も頷いた。が、その顔を怪訝そうに歪め、刀を持つ加門と栄次郎に向ける。吉郎治は二人を示し、

「こん人らは助けてくれたがね、付いて行ってくれるちゅうてるで」

大丈夫だとばかりに頷く。

「定さ」

家から出て来た父や母に、定次郎は顔を向けた。

「ここで無駄死にはようせんで、わしは行くで」

「行かいでくりょ」母が腕を取る。

「せっかく生きて戻って来たっちゅうに、もうどこにも行かいでくりょ」

「おっ母《か》っさ」

定次郎はその手に己の手を重ね、そっと離した。

吉郎治が進み出て、母の肩に手を置く。

「ここにいたら、どさくさに紛れて殺されるかもしんねえ。隠れたほうがええで」

「そいでも……」

前に出ようとする母を、父が遮った。

「止めるな。定はもう、うちだけの定だけじゃねえ。郡上中の村を背負ってるんじゃ。そう育てたんはわしじゃ」

父は定次郎に頷く。

「早う行け」

父が手を振る。

そこに、「待ってくりょ」と吉郎治の女房が駆けて来た。

「これを持って行ってくりょ」

水の入った竹筒を数本、差し出す。

「おう、すまんのう」吉郎治が受け取る。

「子らを頼むで」

吉郎治は女房に笑みを見せた。が、すぐに顔を逸らすと、

「さ、行こまいか」

定次郎の背を押して歩き出した。加門と栄次郎もそれに続く。

振り返らずに、二人は山道へと入って行く。

速い足運びに、加門と栄次郎も、息を切らしながら二人を追う。

山の道は急な上りになっていく。

加門は途中で、振り返った。追っ手は来ていない。

さらに息を切らせながらも、坂を上る。

周囲の木立は深くなる。

時折、茂みで鳴る音は、鹿や猪らしい。

「はぁっ」と加門は、息を吐く。栄次郎もぜいぜいと身体で息をしている。

「着いたがね」

吉郎治の声に顔を上げると、目の先に、木々に囲まれた小屋が見えた。

開いた戸口から。弁次郎と喜四郎の姿も見えている。

薄暗い小屋で腰を下ろすと、改めて、皆が息を整えた。

「ここでしばらく身を隠しておくんがよかろうて。役人らは、騒ぎに乗じてなにするかわからんでな」

吉郎治の言葉に、定次郎と喜四郎も「そうじゃな」と頷き合う。

「いや、助けてもろうて、おおきに」

そう言って振り向く吉郎治に、加門らは「いや」と窓を見上げた。すでに夕刻となった山は暗い。

「あたしらも朝までいていいですか。これから戻るのは危なそうだ」

加門の言葉に吉郎治は、

「ああ、そうしてくりょ」

と、積んであった藁を寄越した。

瞬く間に闇に沈んだ小屋の中で、加門と栄次郎は定次郎らのささやきを聞きながら眠りに落ちた。


翌朝。

日が差し込んできた小屋の中で、定次郎はまじまじと加門を見た。

「昨日も気になっとったんだが、おまさん、江戸で会うたお人じゃないがね。宿に来て話をしなすった、確か加門様っちゅうた……」

やはり覚えていたか……。加門は腹を括ると、

「ええ、国のようすを調べに来たのです」

姿勢を正す。栄次郎もそれに倣うと、吉郎治と弁次郎がきょとんとして見た。加門は、

吉郎治らに、大まかに公儀の命《めい》を受けて調べていることを明かした。

「そうだったかいね、どうりで腕も立つと思うたが……」

吉郎治が目を瞠りつつ、頷く。と、

「おぅい、おるかね」

小屋の戸が開けられた。

「おお、こりゃ、吉十郎《きちじゅうろう》さ」

喜四郎が招き入れると、吉十郎は背負った籠《かご》から、握り飯を取り出し、皆に差し出した。

「騒動はどうなったがね」

「ああ、足軽頭が屋根に上がって、後詰《ごづめ》、早う早う、と手招きをしおったんじゃ。もっと軍勢が来るのかと、百姓衆がひるんで引いたんじゃが、その空いた所を足軽らはいっせいに走って逃げ出しよった。後詰は嘘じゃったんじゃが、それで騒動は収まったがね」

「ほうか、騙されたっちゅうのはくやしいが、収まったんはよかったがね」

「ああ、そいでな、こうなったら箱訴をしようっちゅうことになったで。刀まで振るわれたら、もう我慢できんでな。これから話し合って、何人かが江戸に行くことになるがね」

「箱訴か」

　定次郎が身を乗り出す。

「なら、わしらも行こう」

　喜四郎も頷いた。

「いや」加門は慌てて、手で制した。「駕籠訴人は御公儀から国預かりとなっている身です。勝手にここを離ればお咎めを受けるのは免れない。下手《へた》をすれば死罪……」

　ふっと、定次郎が笑みを返す。

「死罪など、駕籠訴を決めたときに、覚悟はできとったことだがね」

「そうじゃ」喜四郎も笑う。

「生きて一度、村に戻れただけでも運がよかったで。捨てると決めた命じゃ、死ぬことなど怖あはない。それより、このまま国が変わらんことのほうが、よっぽどおそがいことじゃ」

「おそがい、というのは恐ろしいということですか」

　栄次郎の問いに、定次郎が頷く。

「そうだがね。このままじゃったら、百姓は領主や役人らの食い物にされて、飢え死にするだけだがね。城のもんらは、百姓を人と思うとらんで。そんなんは間違とるっちゅうことを、はっきり示さねばならんが」

「そうじゃ」喜四郎は膝を叩く。

「間違ったことをしている相手には、戦うしかないがね。わしらの身はわしらが守らいではならん。百姓は領主や武士のために生きとるんではないがね。このままじゃ、子らがまともに生きていけんで」

「そうだがね」弁次郎も口を開く。

「領主が道を外れとるんじゃ。わしらが立ち上がらんかったら、いつまでたっても、こん国はまともにならん」

「ほんにな」吉郎治が頷いた。

「その領主が御公儀の重臣と親しいからっちゅうて、訴えをうやむやにするんなら、こっちもとことん闘い続けるだけだで」

加門は栄次郎と目を交わす。百姓衆はそこまで、読み取っていたのか……。

「よし、わしも江戸に行くで」

吉十郎の声に、吉郎治も続く。

「わしも行くがね。弁次郎、すまんがそれを村に伝えて、旅に入り用な物を持って来てくれんがね。数日はここに籠もるで、遣いをしてくりょ」

弁次郎は「おう」と立ち上がった。

「そいじゃ、さっそく村に戻るで」

が、その顔で加門と栄次郎を振り返った。四人の目も、二人に集まる。疑いと願いが、それぞれの眼《まなこ》で揺れている。

加門はその眼に答えた。

「わたしたちは一度城下に戻って、そこから江戸に帰ります。皆さんのことは役人に告げたりしませんから、安心してください」

皆はほっとした目で頷く。

加門は栄次郎を促して立ち上がった。

小屋から出ると、加門は朝日に目を細めた。日差しが木々を照らしている。その周囲はどこまでも続く山並みだ。

「ここはどの辺ですか」

加門の問いに、出て来た定次郎が山を指さした。

「もう、この先は飛騨《ひだ》の山じゃ、わしらが行くときはこっちを越えるで。おまさんらは弁次郎と村に下りて行けばいいがね」

弁次郎は道を下りはじめて、加門らを振り返る。

「さあ、行こまいか」

加門と栄次郎も歩き出し、少し下りたところで振り返った。小屋から出て来た四人が、こちらを見てる。

風が吹き、木々を鳴らすと、四人はそれぞれに空を見上げた。

加門は風に押されるように、山道を急いだ。

第四章　しらを切る男

一

江戸城中奥。

郡上から戻って、数日。すでに三月も半ばになっていた。

郡上の報告を終えた加門は、正面に座る将軍家重の顔を上目で窺った。初めは穏やかであった面持ちが話を聞くにつれ険しくなり、聞き終えた今は、眉間に皺が刻まれ、頬に赤みが差している。

「な、ん……い、う……か」

なんということか、という憤りに、うしろに控える大岡出雲守忠光、加門とのあいだに座る田沼主殿頭意次も頷いた。

「よもや」忠光が眉を寄せる。

「青木郡代への検見取発布の命《めい》が勘定奉行二人から下され、それがさらに老中の指示であったとは……」

ええ、と意次も顔を曇らせた。

「その老中本多様に頼み込んだのは金森藩主であるのは間違いないでしょう。勘定奉行曲淵豊後守もそれを黙認したということ……いや、端《はな》からこの策謀に取り込まれていたのかもしれませんな。曲淵豊後守は去年、大目付にも任じられたわけですし」

「ええ。金森兵部にとっては心強いことでしょうね」

「うむ」忠光が頷く。

「御公儀の重役に裏の手配を頼み込むなど、露見《ろけん》すればお咎めは免れ得ない。だが、大名を監査する大目付を抱き込んでおけば、いざというときにもうやむやにできる、そう考えても不思議はない」

忠光の言葉に、家重は顔をしかめつつ頷いた。その口が動く。

忠光は洩れる声音に耳を傾け、「はい」と答える。

「確かに、見過ごせぬこと。これはしかと見極めねばなりません」

忠光は加門に向く。

「宮地加門、この先は、老中本多伯耆守、ならびに大目付曲淵豊後守、さらに勘定奉行大橋近江守について調べよ、と上様の御下命だ」

「はっ」

「ああ、それと、寺社奉行の本多長門守についても探索いたせ。そなたは江戸におらずにいたゆえ知らぬであろうが、長門守は今年、西の丸の若年寄にも任じられたのだ。寺社奉行と兼ねているが、西の丸に出仕していることが多い」

「はっ、そうでしたか。承知つかまつりました」

加門が低頭すると、その頭に家重の声音が届いた。意次がそれを言葉にする。

「だが、長い探索であったため、しばらくは休むがよい、とお仰せだ。ここで語ることのできなかった仔細も多いであろうから、急がずに覚え書きを記せ、と」

「はっ、ありがたきお言葉、かしこまりました」

家重が立ちながら、言葉を落とす。

「主殿《とのも》」と、忠光がそれを意次に伝える。

「菓子など出して、労《ねぎら》ってやるがよい」

「はっ、ありがたきお言葉」

意次と加門は同時に低頭した。

衣擦れが遠ざかると、意次は、

「よし、では、わたしの部屋に行こう」

と先に立った。

五千石となって、意次の部屋は広い場所へと移った。が、内側はそれほど変わっていない。相変わらず大した飾りもなく、簡素だ。

菓子と茶を運ばせた意次は、それを差し出しながら、加門に笑みを向けた。

「さあ、甘い菓子だ、食え。長い探索で、大変だったな」

うむ、と加門は花の形をした練菓子《ねりがし》を口に運ぶ。

「お言葉に甘えて、これからゆうるりと屋敷で覚え書きを書くことにする。しかし、驚いたな、本多長門守様が西の丸の若年寄とは」

西の丸は将軍の世継である家治《いえはる》の御殿だ。

「ああ、老中の本多伯耆守様が推《お》したらしい。本多一族を栄えさせたいのだろう」

意次が腕を組むと、加門は顎を撫でた。

「そうか、確かに、家治様のお覚えがめでたくなれば、将軍となられた世で、老中に取り立てられるのも夢ではないな」

「ああ、それを踏まえてのことだと思うぞ。伯耆守様は抜け目のないお方だ」

「そして、長門守様のほうも、ということか……不思議だな、本多家といえば祖ともいえる本多忠勝《ただかつ》はたいそうな剛《ごう》の者であったのだろう。その子孫も勢いがよく、出世している。血筋のようなものがあるかと、勘ぐりたくなるな」

「ふむ、そうだな、そう考えれば、好対照だが、大岡家もそうだな。生真面目で清廉《せいれん》な人柄が多いのは血かもしれん」

　名奉行といわれた今は亡き大岡忠相《ただすけ》の顔を、加門は思い出す。

　しかし、と加門は口中の菓子を飲み込んだ。

「世においては、清廉な者よりも強欲な者のほうが力が強い。それゆえに、いつも世は乱れるのだ」

「ああ、確かに」意次は天井を見上げる。

「だが、だからこそ法があるのだ。歪んだ力は、まっすぐな法で正す。わたしはそれができる、と思うている」

　そうか、と加門は目を細めた。

「うむ、そなたならできよう」

　そう言いながら腹の底でつぶやく。よし、わたしもやるべきことをする……。

三月二十一日。

加門は手に経木《きょうぎ》の包みを持って、御用屋敷に戻って来た。

「ちちゅうえ」

おぼつかない足取りで寄って来る鈴を「おう、来たか」と抱き上げる。

「少しのあいだに重くなったな」

そう笑いながら、加門はやって来た妻の千秋に、紐に下げられた経木の包みを差し出した。

「団子を買って来た、皆で食おう」

「はい、では父上と母上にもお声を……」

千秋は包みを押し抱きながら、奥へと行く。

加門は鈴を下ろすと、庭を眺めた。

やはり、今日は間に合わなかったのだな……。

朝から行っていた評定所の光景を思い出す。評定所の前に目安箱が設置されるのは、二日、十一日、二十一日だ。が、訴状が入れられた、という話は聞かずに終わった。

郡上の立百姓が箱訴をすると決めたのなら、それを曲げることはない、と加門は踏んでいた。だが、訴状を認《したた》めるだけでも日は要するな、と加門は己に頷いた。しかし、どこにいるのか……。

すでに、前に投宿していた秩父屋にも行ってみた。来ていない、という主の返答に、馬喰町《ばくろちょう》の公事宿街も探してみた。が、どこにも郡上の百姓衆の姿は見つけられていない。

「加門様、お茶が入りましたよ」

千秋の声に、加門はゆっくりと縁側を離れた。


四月二日。

早朝から、加門は再び評定所に足を運んだ。

門の前の柱に目安箱が置かれる。

朝の日差しが延びると、人の姿も出て来る。出仕する役人らが、その前を通り過ぎて行く。が、町人の姿はほとんどない。外濠の内側であるこの地は、役所や大名屋敷が並び、通るのは限られた者だ。

加門は向かいの隅から、目安箱を見つめていた。と、門番と目が合う。不審げな眼差しに、加門はそこを離れて歩き出す。

じっと立ったままでいるよりも、歩いていたほうが疲れにくい。

その足で濠にかかる呉服橋御門《ごふくばしごもん》へと向かった加門は、途中ではっと足を止めた。

御門から数人の男らが出て来る。着流しの上に羽織の姿だ。

郡上の立百姓だ……。加門の目は六人の男を数える。なかに、郡上で見たことのある顔があった。が、定次郎や喜四郎の姿はない。身を隠しているのか、と加門はほっと息を吐いた。

目の前を過ぎた一行のあとを、加門はそっと付ける。

六人の歩き方には力がこもっている。気を張り詰めているせいか、足運びはぎこちないが、その肩は張っている。

目安箱の前に来ると、六人は並び、皆、膝をついた。

一人が懐から白い封書を取り出した。それを額の前に掲げる。

ずいぶん分厚いな……。加門は息を呑む。

男は目安箱に向かって深々と頭を下げ、

「念願成就なさしめ申したまえ」

と、唱えた。

そこからぐっと立ち上がると、箱の前へと進んで行く。皆で並ぶと、訴状を箱の口へと差し込んだ。

大きな息が漏れるのが聞こえてくる。

六人は評定所の屋根を見上げると、ゆっくりとその踵を返した。

加門は去って行くその背中を見送った。

翌日。

「訴状が上様のお手元に届けられたぞ」

意次は加門を部屋へと呼んだ。

すでに昨日、箱訴が行われたことは知らせていた。

意次は首を振る。

「そなたが言うたとおり、たいそう長い訴状であった。あれは読むだけでも日がかかる。わたしも少し目を通させていただいたのだが、そなたが言うていた、郡上の百姓を吟味なしに打ち首にした件も書かれていたぞ」

「そうか、あれは明らかに違法だからな」

「うむ、上様も改めてお怒りになられていた。だが、ひとまずは最後まで目を通してから、対応を考えると仰せだ。おそらく吟味のし直しを命じられるだろう。そなたもなにかわかったら、いつでもわたしに知らせてくれ」

「承知」

加門は力強く頷いた。

郡上の百姓衆が箱訴をしたという話は、じわじわと広まっていった。

二

城表が見える庭で、加門はゆっくりと箒を動かしていた。

郡上の百姓衆の箱訴は、四月の十一日に、二度目が行われていた。すでに一通目は将軍から北町奉行の依田和泉守《よだいずみのかみ》に下されていた。ために十四日、依田奉行はすぐに訴状の取り上げを決めていた。

箱訴の噂が広まってから、加門は勘定奉行の大橋近江守の動きに目を配っていた。城表にある勘定奉行所も覗きに行っている。が、勘定奉行所は役所の中でも最も多くの役人を抱える大所帯であり、常に忙しく人が立ち働いている。出入りはいつものことで、追い切れない。

だが、必ず動くはずだ……。そう読んだ加門は、下城の頃に、しばしば庭に出ていた。横目で出入りする人々を見つつ、箒を持つ手を動かす。その目が、一人の男を捕らえた。

戸口から出て来たのは、大目付の曲淵豊後守英元だ。

まっすぐに大手門へと続く道を下っていく。

少し間を置いて出て来た男に、あ、と加門は思わず手を止めた。勘定奉行の大橋近江守だ。

大橋は足早に曲淵と同じ道を進んで行く。

加門は箒を置くと、そのあとを追った。

坂を下り、番所のある広場で、大橋は曲淵に追いついた。

言葉を交わしながら進んで行く。

二人は、広場の先で、左に折れた。二の丸の庭に続く道だ。

加門は間合いをとって、それに続く。

二の丸には御殿があり、その周囲には池を囲んだ庭園がある。木々が植えられ、今はつつじの茂みが白や朱色の鮮やかな花を付けている。

大橋と曲淵は、木立の中に入って行った。

加門は思わず弛《ゆる》みそうになる口元を締めて、そのあとを追った。

御庭番であれば、密か事を話す際には、広場に行く。広びろとした所では目立つため、関わりのない者が近づくのは困難だ。話を盗み聞きされる怖れはない。だが、探索に縁のない者は、密談をする際に物陰に行くのが普通だ。人目を忍ぶという心情が、そのまま表れるのだろう。

二人は大きな木の陰で立ち止まった。

加門は背後から近づき、近くの木陰に身を寄せる。御庭番の鍛錬された耳であれば、充分に聞き取れる距離だ。

「その後、どうなっておるのか、なにか聞いておられますか」

大橋の問いに、曲淵は「いや」と答える。

「なにも聞こえてきてはおらん。たいしたことにはなっておらんのだろう。箱訴など、お取り上げにならぬほうが多いのだ、案ずることはあるまい」

「そうでしょうか、もし、吟味のやり直しにでもなったら……」

「ふうむ、そなた、青木郡代からの返書などは始末したのであろう」

「はい、駕籠訴のあと、すべて焼き捨てました。なれど、あちらは手元に持っているはず。それには豊後守様のお名前も、本多長門守様のお名前も記してあります。もし、再吟味などということになって、郡代に呼び出しなどがかかりましたら……我らはすでに前のお呼び出しで、郡代の件は一切知らぬ、と申したわけですし……」

狼狽《うろた》える大橋の声に、むうう、と曲淵の喉が鳴る。

「いや、大丈夫だ、その前に伯耆守様がまた手を打ってくださるであろう。なにしろ、天下の老中、怖れるものなどない」

そう言って曲淵は「はっはっ」と笑う。その乾いた笑いに、加門がそっと首を伸ばすと、大橋が肩をすくめるのが見えた。

「それは……本多伯耆守様は老中、豊後守様は大目付、郡上藩主の金森様も奏者番、皆様、揺るぎのないご身分ゆえ……ですが、わたしなどはただの勘定奉行、お咎めを下すのもためらいはないかと……」

むううう、と曲淵の喉が鳴る。

「なにを怖《お》じけておるのだ、案ずるなと言うたであろう」

「はあ、ですが……」

「まったく……いや、そうだ、なればわたしから改めて伯耆守様によろしくお頼みしておこう。さすれば、安心であろう」

「は、はい」

曲がっていた大橋の背が伸びる。

「うむ、安心いたせ、ではな」

曲淵が木陰から出て来る。

加門はそっと身を隠し、大股で去って行く背中を見送った。

そこに遅れて大橋も現れた。背はまっすぐになったものの、肩は落ちたまま大橋はゆっくりと歩いて行く。

加門はその姿が消えてから、踏み出した。

意次に報告せねば……。と、本丸へと歩き出した。


「そうか」意次は加門の話を聞いて眉を寄せた。

「大橋殿と曲淵殿にしてみれば、老中の命《めい》で動いただけのこと、という心情なのであろうな」

「ああ、だからこそ、それほどの罪とも思っていないのだろう。それに、いざとなれば老中の本多様が助けてくれる、と」

「ううむ、これは腹を据えて取りかからねばならぬな」

「ああ、焦りは禁物だ。して、北町奉行のほうはどうなっているのだ」

加門は北町奉行所のある方向へと顔を向けた。

「うむ、訴人を呼び出して、吟味を続けているという話だ。二通目の訴状には歩岐島村という所の騒動で、三十五人が藩の足軽に斬られた、と記してあったから、その者らを呼び寄せることになるだろう。傷を確かめるはずだ」

「そうか、奉行の依田様も将軍から下ってきた訴状では、慎重にならざるを得ないだろうな」

「うむ、それが実はな……」意次が声を落とす。

「依田様は厳しく当たられているようなのだ。聞いたところによると、箱訴の前、三月の二十日に、訴人らは北町奉行所を訪れて、依田様に訴状を出したというのだ。が、依田様はそれを受け取らなかった。おそらく駕籠訴の沙汰が、まだ出ていないのにさらに訴状を出すとは心得違い、と思われたのだろう」

「む、そうだったのか。それなのに箱訴をされて上から訴状をまわされた、となれば面目が潰れて不快であろうな」

「ああ、武士は体面を重んじるからな。訴人への当たりが気になるところだ」

「訴人の六人はどうなっているのだ」

「宿預かりになっているぞ。上野の公事宿上州屋だそうだ」

「上州屋、石徹白の杉本左近がいる宿ではないか」

「おっ、そうだったか」

「ああ、杉本左近は追放になった身ゆえ国預けにはできぬはず、おそらくまだいるのではないか」

「そうだな」意次は「しかし」と首をひねる。

「百姓衆のほうはどうなるかわからんぞ。そもそも徒党も強訴も一揆も御法度。いつ牢屋敷に送られるかわからん。その辺は町奉行次第だ」

「確かにな」

加門は腕を組むと、ふうむ、とつぶやいた。


上野の上州屋の前に立って、加門は二階を見上げた。

杉本左近の部屋は奥だ。おそらく箱訴人らも、奥の部屋に入れられていることだろう。

と、土間から人の気配が立った。足音と話し声が聞こえてくる。郡上で聞いた奥美濃の言葉だ。

暖簾が揺れ、三人の男が出て来た。着流しだが、腰に長刀を差している。石徹白の者に違いない。

加門は身を引いて、道を空けた。

男達はその前を通り過ぎて、町の人混みへと消えてゆく。

もしかしたら……。加門はそれを見送りながら腕を組んだ。訊いてみるか。いや、しかし箱訴人の六人はこちらのことを知らない……。

考えを巡らせていると、ふいに、人の気配にそれを止められた。

「や、これは小役人殿ではないか」

気配の主は馬場文耕だった。

「ああ、これは馬場殿でしたか」

穏やかに向き合う加門に、文耕は片目を細める。

「小役人殿も、また郡上の百姓衆を追って来たというわけか」

「も、ということは、馬場殿はそうなのですね」

加門も目を歪めてみせると、文耕は「ははは」と笑った。

「それはそのとおり、なにしろ駕籠訴に続いて今度は箱訴、町の衆もなにがどうなっているのか、知りたくてうずうずしておるからな」

笑って身体をゆする文耕に、加門は首をひねる。

「で、なにか聞き出せましたか」

「うむ、百姓衆が国を出たときには、ほうぼうの村から人が見送りに集まって、川を渡るまでともに歩いたそうだ。死出の旅路だというてな。いや、百姓ながらあっぱれではないか、藩主を正そうと命を懸けるとは」

紅潮させた顔を上げる文耕に、加門は窺うように首を傾げる
「確かに、発つほうも送るほうも、たいそうな覚悟だったでしょうね。駕籠訴人も江戸に来ているようですが、双方、対面しているのでしょうか」

む、文耕は頬を引き締め、一つ、咳を払った。

「その先は講釈として、さらに本として、知らせるのがわたしの仕事。ここで話すわけにはいかぬ」

「なるほど、それは道理。されど、どこでその話を……」

加門が言いかけると、文耕は身を横にずらした。

宿の内から人の声が聞こえてくる。また、奥美濃の言葉だ。

出て来たのは六人の箱訴人だ。それぞれに手拭《てぬぐ》いを持っている。

「やあ、待っていましたぞ」文耕が寄って行く。

「湯屋ですな、さあ、行きましょう」

文耕が先に立って歩き出す。

そういうことか……。加門はその背を見送る。と、最後の一人の肩に手をかけた。

「もし、定次郎さん達四人は、この宿にはいないのですか」

加門の問いに、男は驚いて振り向く。いぶかしげに見据える男に、加門は目元を弛める。

「郡上で会った折り、江戸に来ると聞いたのですが」

男は面持ちを変えずに首を振った。

「いや、知らんがね」

加門を振り切るように、男は先に行った仲間へと走って行った。

三

加門は城を出て、芝へと向かった。

町奉行所における百姓の吟味が進み、周辺にも詮議が広がり出したためだ。

おそらく、郡上藩にも呼び出しがかかるに違いない、だとすると手はじめは……。

加門は考えを反芻しつつ、上屋敷への道を進む。と、その足を緩《ゆる》めた。前を歩く男に、目が留まったからだ。着流しに黒羽織、腰には朱房《しゆぶさ》の十手《じつて》を挟んでいる。町奉行所の同心だ。中間を二人連れ、加門の行く手を歩いている。

そのまま行けば追い越してしまうため、加門は足運びをさらに遅くした。

同心は、加門の前をずっと進んで行く。

やがて、郡上藩上屋敷の門が見えた。

やはりな……。加門は独りごちて、さらにゆっくりと歩く。

同心は門の前に付くと、門番に声を放った。

「北町奉行所同心、坂口善吾《さかぐちぜんご》と申す。こちらに浪人黒崎佐一右衛門がいるはず。呼んでいただきたい」

門番はもう一人と顔を見合わせて、おろおろとしつつも頷き合う。

「しばし、お待ちを」

一人が屋敷内へと姿を消した。

加門は一度行き過ぎてからまた戻り、横目と耳で、ようすを窺った。同心がちらりとこちらを見る。

門番が戻って来た。

「当屋敷にはそのような浪人はおらぬ、ということでございます」

「なに」

同心が半歩、足を踏み出す。が、門番はぴんと背を伸ばし、動こうとしない。その目は空を見て、同心を避けていた。

加門は、足を速める。

塀沿いに走り出し、裏口へとまわった。かつて二度、忍び込んだ戸口だ。

戸が開いている。まさに一人の男が出て来たところだった。

黒崎佐一右衛門だ……。

黒崎は走り出す。

加門も走ったまま、勢いを増した。が、黒崎のほうが速い。その足取りから、必死さが伝わってくる。

屋敷から離れつつ、黒崎は振り向いた。

追って来る加門に気づき、黒崎はさらに地面を蹴った。街道とは反対の、屋敷街の道に駆け込んで行く。屋敷や寺の塀ばかりが延びる道だ。

「待て」

加門は声を放った。

黒崎は振り向き、そのせいで足をもつれさせた。倒れそうになる身体をなんとか持ち直し、また前を向く。そこに加門が追いついた。

「黒崎佐一右衛門、逃げる気か」

加門が正面にまわり込むと、黒崎は腰の刀を抜いた。

両手で握った柄《つか》が揺れ、刃先はさらに揺れる。その腰は引けていた。

加門も刀を抜いた。

黒崎の顔を改めて見つめる。

眼は泳ぎ、腰はじわじわとうしろに引けていく。

まともに剣術を学んだことはないな、と加門は読んだ。元は百姓と聞いている。そうか、佐一というのが元の名だったのかもしれない……。

加門は柄をまわした。

切るわけにはいかない。が、こうした剣の覚えがない者は、やみくもに当たってくるため、油断はならない。

「ていやぁー」

黒崎は刀を振り上げた。

予期したとおり、左右に振りまわしながら、突っ込んで来る。

塀に挟まれた道で、加門は身を翻《ひるがえ》して、それを躱す。

横を突き抜けた黒崎に向き直り、加門はその峰で背を打った。

鈍い音で、黒崎が崩れる。

が、倒れる前に、足を踏ん張った。

「このっ」

振り向いた形相は、赤く歪んでいる。

「やろうっ」

再び刀を振り上げ、走り込んで来る。

加門は身を低くすると、その右脇腹に峰打ちを食らわせた。

今度は、動きが止まった。

その形相はさらに歪み、うめき声が洩れる。

加門は黒崎の持つ刀を、峰で弾いた。

左手で腹を押さえて、黒崎は膝をつく。その背後にまわり、加門は右腕をひねり上げた。

道の向こうから、同心の坂口が駆けて来る。黒崎のわめき声が聞こえたのだろう。

「お役人殿」

加門は顔を向けた。

走り込んで来た坂口が、加門と黒崎を交互に見る。

加門は押さえた腕をぐいとをひねって、

「坂口殿と言わまれましたな、この者が黒崎佐一右衛門です。逃げようとしたので押さえました」

坂口へと差し出した。

目を丸くした坂口は、加門を見据える。

「そこもとは……」

加門は身を坂口に寄せると小声で告げた。

「公儀御庭番宮地加門と申す。御用で、この者を探ったことがあります」

は、と坂口は身を正す。

「そうでしたか、それは……おい」

追って来た中間に、手招きをする。

「この者に縄をかけよ」

はい、と中間は腰に下げていた縄を解き、広げる。

「では、わたしはこれにて」

加門がうしろに退くと、坂口は手を伸ばした。

「あ、と、よいのですか、この男、わたしが連れ帰っても」

「はい、どうぞ。藩邸はいないととぼけたのですから、このまま身柄を押さえたほうがよいでしょう」

「いや、しかし、捕まえたのは宮地殿の手柄……危うく逃げられるところでしたし」

その生真面目な顔に、加門は目元を弛めて首を振った。

「手柄はけっこう、ですが、その男、詮議には重要な者です。ぜひとも、町奉行所にお連れくださ い」

「かたじけない」

加門はそう言うと、踵を返す。

坂口の声が、その背中を追って来た。


御庭番御用屋敷。

加門は朝餉《あさげ》の香りに誘われて廊下へ出た。

「父上、おはようございます」

庭でしゃがんでいる草助が、見上げた。手には茗荷《みょうが》を握っている。その向こうでは、父の友右衛門が額の汗を拭こうともせずに、土を耕している。

「今度はなにを作るのですか」

加門の問いに、父は鍬《くわ》を振るいながら笑う。

「茄子《なす》を増やすのだ、秋茄子はうまいからな」

そこへ足音がやって来る。母の光代《みつよ》だ。

「まあまあ、もうお膳を出しますよ、手を洗ってお上がりなさいな」

「はい」

草助の元気な返事が上がり、加門は手を伸ばして茗荷を受け取った。青い香りを嗅ぎながら、加門は食卓へと向かう。

「今日の干物は鯵《あじ》ですよ、身の厚いよい物が入ったのです」

千秋はそう言いながら、味噌汁の椀を置く。

それぞれが顔に湯気を受けながら、箸を動かしていく。

光代は加門の飯碗が空になったのを見ると、すぐに取って飯を盛った。

「母上、それは多すぎます」

「いいえ」光代は首を振って、碗を息子に差し出す。

「それくらいお食べなさい。やっと頬もふっくらしてきましたが、美濃から戻ったときにはすっかり痩せていたではありませんか。もうすぐ七月、暑さはまだ続きますから、もう痩せないようにしないと」

「いや」加門は苦笑しつつ、碗を受け取った。

「あちらは山道が多かったので、そのせいです。痩せたというよりも、締まったというべきで」

「ええ」千秋が頷く。

「わたくしも最初は心配しましたが、腕も脚もずいぶんと硬くなってらしたので大丈夫かと……」

そう言ってから、はっと頬を染めて下を向いた。

「いや、まあ」加門が慌てて飯を飲み込む。

「そういうことです、山の道は江戸の坂とは比べものにならない険しさですから、普通に村を行き来しているだけで、身体が締まるのです。百姓衆は皆、筋骨がたくましいよい体つきをしていました」

「ほう、そうなのか」父が身を乗り出す。

「実はわたしもな、畑を作り出してから、身体が強くなった気がしているのだ。そら、見てみろ」

父は袖をまくって二の腕に山を作って見せた。

はい、と加門は頷く。

「立派ですね、土仕事はしゃがんだり立ったりするので足腰を強くするし、身体にいいと医学所で教わりました」

「おう、やはりそうか、実は若返った気がしていたのだ。そうかそうか、採れた野菜はうまいし、元気も出るし、いいことばかりだ」

「まあ、それは確かに、野菜はうれしゅうございます」

母が小松菜《こまつな》のおひたしを口に運びながら微笑む。

「はい、採れたての物はいいんですよ。野菜の命を元気なうちに食べれば、こちらも元気をもらえる、というわけです。医学書に書かれている食養生の教えです」

「ほう、なるほどな、食べる物の命がそのままこちらの命になるということか」

「はい、ですからできるだけ元の形に近いまま食べるほうがいいのです。江戸では白米を食べていますが、雑穀《ざっこく》を食べている百姓衆のほうが元気な気がしました。まあ、子供はかわいそうですが」

加門の脳裏に村の子供らの細い手足が思い出された。

「そういえば」千秋が言う。

「江戸患い《えどわずら》い（脚気《かっけ》）などという病もありますものね、あれは、国では元気だった方が、江戸に来ると病になるのでしょう」

「うむ、わたしも医学所で診たことがあるが、蕎麦《そば》や雑穀を食べると治るのだ。白米で損なわれた命が雑穀にはあるのだろう」

加門はそう言いながら、飯をかき込んだ。

「ごちそうさま」

そう言って、先に立ち上がった加門を千秋が見上げる。

「まあ、なにかお急ぎですか」

「ああ、もう出かける。そなたはゆっくり食え」

加門は奥へと戻り、身支度を整える。

その背後に千秋がやって来た。加門の羽織の襟を整えながら、

「評定所ですね」

と、ささやく。

え、と振り向く加門に、妻は微笑んだ。

「今日は六月の二十一日、先の十一日にもお早く出かけられましたでしょ。目安箱の置かれる日ですものね、わたくしだってわかっております」

ああ、と加門は目で笑みを返した。

「行って来る」

屋敷から評定所は近い。

その前に立つと、すでに目安箱は置かれていた。

加門はそれを遠目から見る。

十一日は、なにも起きずに終わった。

だが、きっと来る、と加門は独りごちる。郡上の百姓衆が駕籠訴をしたあとに、石徹白の杉本左近がやはり駕籠訴をしたためだ。うまくいったことを知れば、倣《なら》わない手はない。

呉服橋御門から続く道を、加門は眺める。

来た……。数人の男が姿を現した。武士ではないが帯刀している。

石徹白の社人達だ……。

一行は目安箱の前で畏まると大きく柏手を打った。口で何やら唱えているのが窺われる。祝詞《のりと》らしい。

やがて、一人が懐から封書を取り出し、箱へと進んだ。

それを入れると、また柏手を打ち、社に向かうように拝礼する。うしろの人々も、それに倣って礼をした。

やはりやったな……。加門はそっとその場から離れた。

四

本丸表の見える場所で、加門は箒を手に庭を掃いていた。

横目では出入りする人々を追う。

その目が一人の姿を捕らえた。郡上藩主金森兵部が表から出て来たのだ。

朱雀門《すざくもん》をくぐって。坂を下りて行く。加門は箒を木に立てかけると、間合いをとってそのあとに続いた。

坂の下を左に進めば大手門《おおてもん》だ。が、金森は右へと曲がった。

やはりな……。加門もそちらに向かう。右に進めば西の丸御殿がある。

かつて家重が世子《せいし》として西の丸に暮らしていた頃には、よく訪れた御殿だ。今は、家重の息子の家治が暮らしている。

金森は西の丸表の戸口から入って行く。

庭の木陰から見つめていると、金森ともう一人の男が出て来るのが見えた。本多長門守忠央だ。寺社奉行と西の丸若年寄を兼務するようになった本多長門守は、西の丸に詰めることが多くなっていた。寺社奉行は私邸が役宅になるが、仕事はさほど多くない。それよりも若年寄としての地位のほうが、出世の道筋としては重要だ。

二人は庭の隅を通って、吹上《ふきあげ》の庭のほうへと歩いて行く。

加門は木々のあいだを縫いながら、そっとそのあとを追った。

太い木の陰で、二人は立ち止まる。加門は近くの木陰に身を隠し、耳だけをそちらに向けた。

「また箱訴です。今度は石徹白の者らが……」金森の声だ。

「こたびはどうなるのか、長門守殿、大丈夫でしょうな」

「箱訴のことは聞いておりますぞ。なんともしつこい者共ですな。だが、案ずることはありますまい。また伯耆守様が評定所にお出ましになられ、お計らいくださるでしょう。なにしろ伯耆守様は天下の老中、金森様はその老中と義兄弟なのですから、ご安心召されませ」

「ううむ、それはそうなのだが、百姓の箱訴をお取り上げになったことでもあるし、あまり油断はできぬかと」

「なんの、その件も聞きましたぞ。評定所から曲淵殿に、青木郡代の件を大橋奉行に問い質《ただ》せと指示を出したそうですな、ははは」

長門守の笑いが響く。

加門もその話は聞いていた。曲淵から問われた大橋は、前の吟味と同じく「知らぬこと」と答えたという。二人が結託していることは、まだ評定所にも知られていないためだ。

長門守の笑いが、地声に変わる。

「伯耆守様には、わたしからもお口添えしておきましょう、ですが、金森様は義兄弟なのですから、もとより汲んでくださるはず。改めてお願いすれば、快くお力を貸してくださいましょう」

「ええ、それはむろん、明日、お屋敷をお訪ねするつもりです。が、石徹白のことは寺社奉行に下りるはずですから、長門守殿、こたびもよろしくおとりなし、お願いいたしますぞ」

「わかっております」

その足が動き出す音がした。

「では、わたしは仕事がありますゆえ」

本多長門守が、西の丸御殿へと戻って行く。

間を置いて、金森兵部も木立から出て歩き出した。

翌日。

股引に法被を羽織り、加門は再び植木職人の姿となって道具箱を担いだ。

立ったのは老中本多伯耆守正珍の屋敷裏だ。

裏口の戸が開き、魚屋が桶《おけ》を抱えて出て来る。

「おはようごぜえます」

加門は愛想よく言って、入れ替わりに中へと入り込んだ。

屋敷の表が見渡せる庭へと進み、熊笹《くまざさ》の茂みでしゃがみ込む。

庭に面した座敷は開け放たれ、簾《すだれ》が夏の風に揺れている。すぐ前の庭には池があり、大きな石がいくつか配されている。身を隠すのにちょうどよさそうな石もあった。周りには抜いたほうがよさそうな草も生えている。

それらを見定めて、加門は表門のうかがえる場所へと移動した。

木陰から、門を窺う。

じっとしていれば目立つため、加門はしゃがんで辺りの草をむしり出した。

と、その顔を上げる。門が開く音がしたためだ。

入って来たのは、金森兵部だ。うしろに付いた二人の家臣は、両手で大きな木箱を抱えている。老中への貢ぎ物だろう。

加門は身をかがめて、表の庭へと移動した。

庭石の陰に身を置くと、また草むしりをはじめる。

座敷から人の声が流れてきた。

「兄上、今日は珍しい物が手に入ったものですから、是非にと思いまして」

金森の声に、本多伯耆守が「ほうほう」と返す。

畳の上を箱が移動する音も鳴った。

「南蛮渡来の織物か、これはよい」

「はい、奥方様にお似合いかと」

二人は身内のようすなどを語り合う。いかにも親しげだが、金森の声はときどきうわずるのがわかった。それを察したように、本多が、

「そういえば」と声音を変えた。

「また箱訴があったそうだな」

「はい、そうなのです、まったく、分をわきまえぬ者が多く、困ったもので」

「ふむ、家老らが甘いのではないか、まず、家老を厳しくせねばならん。家臣というのは、厳しく支配せねば、そのまた下の者らへの支配も甘くなるものよ」

「はぁ、確かに。わたしは奏者番となって以来、国の政は家老らに任せることが多か

ったものですから」

「ふむ、まあ、起きてしまったことはしかたがない。今後は締めることだ」

「はっ、肝に銘じまする。ですが、仰せのとおり、すでに起きてしまったことが……箱訴二件、という厄介に手を焼いております」

「ふむ」茶を啜る音が鳴る。

「まあ、これまでのように、わたしが評定所に顔を出すことにいたそう。駕籠訴の一件は酒井殿が指揮を執ったが、なあに、その後は留役《とめやく》任せ。あの者らは、わたしが出れば言うことを聞くのだ」

「はい、老中に逆らう者などおりますまい」

金森の媚《こ》びたような声音に、本多が笑う。

「うむ、天下の老中ゆえな。だがな、兵部、わたしはまだ上に行くぞ」

「は……」

「老中首座の堀田様はそれなりのお歳だ。次の首座にはわたしが就く。これはまあ、まだここだけの話だがな、反対する者はおるまい、と思うておる」

「なるほど。首座様ですか、いや、兄上ならば間違いありますまい」

「どうだ、心強いであろう」

「はっ、この兵部、大船に乗った心持ちとなりました」

笑い声が放たれ、本多のそれと重なる。

加門はそれを背で聞きながら、その場をそっと離れた。


本丸中奥。

家重と大岡忠光、それに田沼意次が並ぶ前で、加門は低頭した。

「以上でございます」

金森兵部の動きを話し終え、加門はやや顔を上げる。

家重の顔が歪んでいる。表れているのは明らかな怒りで、憤怒ともいえる面持ちだ。

「なんということか」普段は温厚な忠光も、眉間に皺を刻んでいる。

「御公儀の重臣ともあろう者が」

「う、む……ゆる……ぬ。なん、と……こころえ……おる……」

家重の顔が紅潮する。拳に力がこもったのが見てとれた。

「はい」と忠光が頷く。

「不届きも甚だしいこと。かような事態、見過ごしにはできませぬ」

家重が大きく頷き、口も動く。

それに耳を傾けた忠光が、聞き取った上意を言葉に変えた。

「そのような老中に政は任せられぬ、厳しく罰せよ、寺社奉行並びに勘定奉行、大目付らも罪を明らかににするべし、藩主金森もこまかに吟味すべし……」

忠光は意次に向く。

「主殿《とのも》は詮議の場に出て、ようすを随時上様にお伝えせよ、と仰せだ」

「はっ、かしこまりました」

自らも将軍の言葉を聞き取っていた意次は、すぐに膝行して進み出た。

「畏れながら、考えがあります。これまで加門の報告を聞くにつれ、練ってきたことなのですが」

「ふ、む、よい、もう……て……よ」

家重に促され、意次は、

「はっ」と顔を上げ、ちらりと加門にも目を向けて口を開いた。

「これまでの仕組みにとらわれず、思い切った方法に出たほうがよいかと。わたしが考えましたのは……」

意次は強い声で言葉をつなげた。

五

七月中旬。

中奥の御庭番詰所に向かって、足音が駆けて来た。その勢いで襖を開けたのは、吉川栄次郎だった。

「おっ、加門、いたか」

文机に向かっていた加門が顔を上げると、栄次郎は横に滑り込むように座った。

「郡上の一件、新しく評定のための御僉議御用掛《ごせんぎごようがかり》が設けられたぞ。これまでの評定と違って、その御用掛が百姓の訴えをずっと詮議していくそうだ。人も決まったぞ」

「ほう、誰になったのだ」

加門は意次からあらかた知らされていたが、御用掛の人選は聞いていなかった。

「うむ、まず上で指揮を執るのは老中酒井様だ、で、御僉議御用掛は寺社奉行の阿部《あべ》伊予守《いよのかみ》様、大目付の神尾備前守《かんおびぜんのかみ》様、北町奉行の依田和泉守様、勘定奉行の菅沼下野守《すがぬましもつけのかみ》様、目付の牧野織部《まきのおりべ》様だ」

「そうか、耳が早いな。二十日に公布すると聞いていたが」

加門の言葉に栄次郎は胸を張る。

「わたしとて御庭番だ」

「そうだった」

笑いながら、加門は聞いた名前を反芻する。それらは、老中の本多や勘定奉行の曲淵、大橋、寺社奉行の本多、そして藩主金森とはつながりのない者ばかりだ。忠光と意次が慎重に選んだに違いない。

「でな」栄次郎が小声になった。

「さっそく二十一日から御詮議がはじまるらしいぞ。我らは郡上のようすを見てきただけに、じっとしていられぬ心持ちだな」

「ああ、見に行きたいくらいだ。そうか、いよいよか」

加門は天井を見上げた。


八月上旬。

「おう、来ていたか。ちょうどよい、話したいことがあるのだ」

意次は、部屋に入って来るなり、待っていた加門に言った。

「どうした、詮議のことか」

見上げる加門に、ああ、と意次は向かいに座る。

「勘定奉行の大橋近江守だ、先月の二十一日に話を聞き、今月の三日にもさらに尋問したのだ。が、青木郡代の件も黒崎佐一右衛門も覚えがない、と言い張るのだ」

「なんと、この期《ご》に及んでもしらを切りとおしているのか」

「うむ、あまりの態度に、他家にお預けとなったがな」

ほう、と加門は思わず口を開ける。

「しかし、黒崎佐一右衛門も呼び出したのであろう」

「ああ、三日の大橋奉行の吟味あとにな。あの者は、素直に大橋奉行の口利きで郡上藩に雇われた、と白状したがな。この先も吟味が続くのは必定《ひつじょう》ゆえ、小伝馬町《こでんまちょう》の牢屋敷に送られた」

「そうか……郡上藩の吟味が続いているのだな」

腕を組む加門に、意次は頷く。

「この先、藩の江戸家老も呼ぶし、国家老のほうもすでに、家臣共々呼び出しをかけている。もしかしたら、もう国を発っているかもしれぬ。吟味もなく百姓を打ち首にした件を、調べなければならん」

「百姓衆はどうする」

「ああ、むろん、呼び出しをかけてある。騒動を起こした者らや、郡代に呼び出された庄屋達、それに駕籠訴人らもな」

「そうか」

加門は腕を組んだまま俯く。

駕籠訴人の定次郎と喜四郎は、行方がわかっていない。許しを得ずに藩を抜け出した欠落《かけおち》ちとして、公儀は探すことを命じたが、見つからないままだ。

「青木郡代も呼ぶのだろう」

「ああ、もちろんだ。こたびの詮議では重要な者だからな」

「そうか、何年も進まなかった詮議がやっと動き出したのだな。御僉議御用掛を決めたほうがよいというそなたの考えは、的を射たな」

「うむ、しかし……」

意次がふっと息を吐く。

「どうした」

「ああ、わたしは石徹白の騒動も共に詮議したほうがよい、と申し上げたのだ。同じ郡上藩の出来事であるし、藩主が御公儀の重臣に裏で手をまわしているのも同じ、家臣らとて同じように絡んでいるしな」

「うむ、そうだな。勘定奉行と寺社奉行を抱き込み、さらには老中まで……同時に詮議をしたほうが無駄がないであろうに」

「そうであろう、だが、それを申し上げても聞いてくださらぬのだ。そうしたことは我ら御僉議御用掛が決めること、と言うてな。わたしの意見など、石ころのような扱いだ。余計な口を出すな、と言わんばかりでな」

「しかし、そなたは上様のお声で、報告と取次役をしているのではないか」

「ううむ、それがそもそも気にくわないのかもしれん。大した身分でもない一介の旗本が、評定の場に顔を出す、さらに口まで出すというのが、気に触るのだろう」

意次は眉を寄せて、首を振る。

「一介の、ではなかろう。そなたは立派な御用取次で五千石の高禄取りではないか」

「まあ、しかし、父は吉宗公に拾っていただいた成り上がり者だ。徳川家譜代の方々から見れば、馬の骨も同然なのだろうよ」

「なんと狭量なことだ」加門も頭を振る。

「そんなことだから、役人仕事はいつまで経っても変わらないのだ。百姓衆の駕籠訴からすでに四年近くも経っているのだぞ」

「うむ。だが、それを責められていると感じたのかもしれぬな。ゆえに、仕組みを変えたわたしへの風当たりも強いのだろう」

「上様に申し上げてはどうだ」

ううむ、と意次は天井を仰ぐ。

「そうさな、考えていることもあるし……」

意次はその顔を加門に戻す。

「大橋奉行がしらを切りとおそうとするのも、老中本多様の後ろ盾があるゆえだ。この先、曲淵殿や本多寺社奉行、それに金森藩主の吟味に移っていくが、やはり同じように出るのではないかと懸念している」

「うむ、天下の老中がついていれば恐るるに足りぬ、と思うているのだろうな」

「だから、だ。いっそ……」

意次は声をひそめた。

第五章　立ってこそ

一

八月中旬。

加門は芝へと向かった。

立ったのは郡上藩江戸屋敷が見える場所だ。

門は閉まったままだが、脇の潜り戸が開いている。そこから藩士二人が出て来たのを見て、加門はそのうしろに近づいた。

二人はひそひそと言葉を交わしながら、表の街道へと向かう。

「国家老様お二人も国を発ったそうだで、そんなでお城はやっていけるがね」

「さあのう、そもそもお城を案じるよりも国そのもんの心配をしたほうがいいがね、まさか、お取り潰しにはならんと思うがの」

「不吉なことを言わんでくりょ」

「うむ、失言じゃ……しかし、お国の家臣らが五十人も来るとなると、なんもかもが足りんがね」

「ああ、布団は古いのでいいっちゅ言われとるが、どこにあるがね」

二人は街道へと出て行く。

加門は踵を返して、屋敷へと戻った。

人の出入りが続いている。

やはり慌ただしいな……。加門はしばらくその前を行き来しながら、屋敷のようすを窺った。と、その目が引っ張られた。道の先にいたのは駕籠訴にも加わっていた弁次郎だ。

江戸にいたのか、ようすを探りに来たのだな……。声をかけようと、加門はそちらに足を向けた。が、すぐに歩みを緩めて間合いを取った。

もしかしたら、定次郎らのところに行くかもしれない……。そう思いついて、背中を追う。

芝から街道に出ると、弁次郎は江戸の町の方角にくるりと背を向けた。東海道を品《しな》川《がわ》のほうへと進んで行く。

やがて高輪《たかなわ》の大木戸を抜けた。そこから先は江戸ではない。したがって、江戸町奉行の支配からも抜ける。

そうか、それを踏まえて品川宿に宿を取ったのかもしれない……。加門はそのまま弁次郎を付ける。

宿場のにぎわいを縫うと、弁次郎はほどなくして一軒の宿に入った。

加門は急ぎ足でそのあとに続く。

上がって階段を上って行く弁次郎を、加門は追った。

階段の途中で顔だけを出して、加門は弁次郎の入った部屋を見る。そっと、そこへ近づいて行くと、襖の前で耳を澄ませた。

「そうかね、やはり屋敷は騒ぎになっていたがね」

定次郎の声だ。

「もし、ごめんください」

加門は言いながら、襖を開ける。

中の五人が、一斉に腰を浮かせてこちらを見た。鹿番小屋で会った四人と弁次郎だ。

その目はどれも見開かれ、口も開いた。

「あ、こりゃ……加門様、でしたがね」

喜四郎に続いて、

「なんでここがわかりましたがね」

定次郎が問う。皆はゆっくりと腰を落とした。が、顔は弛まない。

加門は小さく頭を下げた。

「藩邸の前でたまたま弁次郎さんを見つけて、あとを付けました。人には言いません
から、安心してください」

「ほうか、これまでもおまぁさは嘘を言わんかったで、信用しますで」

吉郎治の言葉に、加門はほっとして頷く。

「はい、皆さんはずっとこの品川宿にいたのですか」

「いや、探されているはずだで、あっちこっちの宿場を移っていたがね」

喜四郎の言葉に定次郎も続ける。

「ああ、欠落《かけお》ちした身だで、捕まるわけにはいかん」

二人の顔つきは、さらに締まったように見える。

まだ、なにかをするつもりなのだろうか……。加門は穏やかに目元を弛ませ、

「箱訴はうまくいったのですから、ひと安心なのではないですか」

五人を順に見る。

「まだ、安心などできんがね」

「そうだがね、駕籠訴をしたあともなんも変わらんかったで、ここでやめるわけにはいかんがね」

「そうじゃ」

と、吉郎治と吉十郎も頷き合う。

「ですが」加門は背筋を伸ばす。

「公方様は皆さんの訴えのために御僉議御用掛を決めて、詮議を進めるように命じられたと聞きましたよ」

「公方様、か」定次郎が眉を寄せる。

「当てにならないがね」

いや、と加門は身を乗り出した。

「公方様は民への情けが深いお方……と、聞いていますが」

「いんや」

喜四郎が首を振って、うしろから本を引き寄せた。

「こん人の本を読むと、とてもそうは思えんがね」

二冊の本を前に置いた。

加門は表に書かれた墨文字を読む。

『明君享保録《めいくんきょうほうろく》』と書かれ、馬場文耕の名が記されている。

「え、これは馬場文耕殿が書かれた本ですか」

「そうだがね。前の宿で貸本屋が来て、もっと前の本を借りたら面白かったで、ここでも借りたがね。この本は出たばかりっちゅうことじゃった」

へえ、と加門は手に取って開く。

定次郎は本を指さした。

「前の本に書いてあったが、公方様も御側御用人《おそばごようにん》の大岡忠光も、とてもよいお人とは思えんがね。大岡忠光は権勢を盾に好き放題をしているし、公方様はそれを許しているという話だがね」

「いや、それは」加門は荒くなりそうな声を抑えた。

「馬場文耕殿は思い違いをしているのです。そもそも公方様や大岡様のお人柄は知らないはず。真《まこと》と信じるには足りないのではないですか」

加門の言葉には喜四郎は首を振る。

「馬場先生はわしらの話をよう聞いてくださったで。本を書くときには、なんでも調べるとも言うておったがね」

「ああ、そうじゃ、わしらの話も本にしてくだるという話じゃった」

吉郎治も毅然として見返す。

確かに、箱訴人のところにも行っていたし、駕籠訴のときには公事師からも話を聞いていた。だが、城の中のことなど知るすべはないはず……。加門は眉を寄せた。

黙り込む加門に、定次郎が腰を上げた。

「加門様、もうよいかね」

「ああ、はい」加門は腰を浮かせた。

「邪魔をしました」

加門は部屋を出る。

小さく振り返ると、五人の目がこちらを見つめていた。

おそらく、宿を移るだろう……。加門はそう察しながら、襖を閉めた。


その頃。

評定所で、意次は御僉議御用掛の五人と老中酒井に向き合っていた。輪になった人々を順に見ながら、意次は口を開く。

「石徹白《いとしろ》の訴えも同時に詮議すべきであると、わたしは考えます。どちらの騒動も、発端は藩主の失政。それが長く続いたのは、裏で藩主が公儀の重臣と手を組んでいるからです。百姓一揆も石徹白騒動も問題の根は同じことゆえ、ともに進めることで、詮議が早く進みますし、解明しやすくなるでしょう」

ふうむ、と酒井が頷く。

「そうさな、確かにそのほうがよいかもしれぬ」

「いや、どちらの騒動も多くの人が関わる大事ゆえ、ここは慎重にすべきかと」

目付の牧野織部が言うと、

「しかり、そこは話し合って決めねばならぬこと、ここで決めるは早急にすぎると思われますぞ」

神尾備前守が同調する。

意次は眉が歪みそうになるのを抑え、さらに口を開いた。

「では、いまひとつ、提案を申し上げることをお許し願いたく……これは上様の御上意でもあるのですが、老中本多伯耆守様を罷免すべきだと考えます」

「なんと」

いく人かの声が揃う。

「なにを申されるか、百姓の訴えで老中の罷免など、あってはならぬ」

阿部伊予守が片膝を浮かせると、神尾備前守も腰を浮かせた。

「老中を罷免などしたら、下の者らへの示しがつきませぬぞ」

「うむ」目付の牧野織部も眉を寄せる。

「なにゆえに、かようなことを思われたのですかな」

意次はゆっくりと皆を見る。

「大橋奉行の態度を見てもわかるように、堂々としらを切るのは、老中のうしろ盾があるからに違いありませぬ。このままでは、ほかのお人らも倣うは必定。どころか、義兄弟を名乗る金森藩主なら、もっと強気に出ると思われます。それではいくら詮議をしても、進みません。これまでも詮議を妨げる重しとなっていたのは、藩主の笠となっている老中本多伯耆守様です。それを外さない限り、真相を明かすことはかなわないでしょう」

五人はぐっと息を呑む。が、それぞれに顔を上げた。

「お待ちくだされ、主殿頭《とのものかみ》殿」依田和泉守が膝行する。

「それは真に御上意であるのか、わたしには判断ができかねます」

意次の顔が歪んだ。

「わたしが偽りを申している、と仰せなのですか」

「いや、そうではござらん……が、あまりにも急な話ゆえ、すぐに呑み込むことができませぬ」

「うむ」菅沼下野守も首を振る。

「じっくりと協議せねばなりますまい。そもそも、主殿頭殿は御僉議御用掛でもない、この場でのご意見、どこまで聞くべきか、わたしも判断できかねますな」

皆が同意するように、目顔で頷く。

「百姓一揆で老中罷免など、聞いたこともない」

誰ともわからない小声のつぶやきが洩れる。

「わかりました」意次は立ち上がった。

「では、御僉議御用掛の皆様で、お話し合いいただきたい。ただ、これが御上意であることは真のこと。わたしの一存ではありません。それをお含みおきください」

背を向けた意次は、耳に衣擦れの音を聞いた。

皆がたちまちに膝行して、身を寄せたのがわかる。ひそひそと交わす声を背で聞きながら、意次はぴしゃりと襖を閉めた。

二

加門は日本橋のにぎわいのなかを歩く。

店先を覗きながら進むと、やがて足が止まった。店先の台に本がたくさん並べてある。書肆《しょし》だ。

あった、と加門は定次郎らに見せられた『明君享保録』を見つけ出した。横にはすでに読んだ『近代公実厳秘録』も置いてある。

おや、こっちもか……。『当時珍説要秘録《とうじちんせつようひろく》』という本も目に入る。めくって目を走らせると、面白い噂やおかしい話などが書かれているのがわかった。怪談話や昔話などの本もある。

ずいぶんいろいろと書いているのだな……。加門は『明君享保録』を手に取った。すでに開いてみると、書かれているのは吉宗公と松平乗邑を褒め称えた話だ。すでに『近代公実厳秘録』で書かれた話も多い。

焼き直しか……。加門が目を走らせていると、人の気配が近寄って来た。

「御武家様」薄い冊子を手にした店主が近づいて来る。

「馬場文耕先生をお集めですか、それなら、ちょうどできたての本が入ったところでして……」

差し出された冊子の表紙には『平《ひら》かな森の雫《しずく》』と記されている。

「これは先日、出たばかりの本でして、文耕先生は人気がありますから、すぐに売れ切れてしまったのですが、ちょうど今日、三冊新しく入ったところです。店に出せばすぐに売れてしまいますから、御武家様は運がよろしゅうございますよ」

店主のお愛想を聞きながら、加門は表紙を繰り返し読む。と、思わず声が漏れた。

「あ、かな森……金森のことか」

「はい、さようで」店主が手を揉む。

「駕籠訴と箱訴で江戸中に知られた郡上藩の藩主が金森様、馬場先生はさっそくその騒動をお書きになったんでございます。百姓衆や社人に直《じか》に話を聞いたそうで、それはそれは真《しん》に迫っておりますよ」

加門は改めて、店主のにこやかな顔を見た。

「店主殿は馬場文耕殿に会ったことがおありか」

「はい、あたしどもは版元に仕入れに行きますから、そちらで文耕先生にも幾度かお目にかかっております。先生はそれは熱心なお方で、昔のことを書くときには書物を調べますし、近年のことを書くときには、ちゃんと人から話を集めるんでございますよ。まあ、噂を含めてですが、そこはそこ、面白いのが大事でございますから」

「ほう、しかし百姓衆はまだしも、公方様やその重臣方の話など、そうそう聞けるものではなかろうに書いておられるな。馬場文耕というお人は大したものだ」

加門がとぼけて問うと、店主は少し声を落とした。

「はい、まあ、先生は有名ですから、面白い話がある、とあっちからやって来るんですよ。版元には町人も御武家も、たくさん来るそうです。なにしろ、うちにも来ますから」

「ほう、そうなのか」

驚きをそのままに、加門は顔を上げる。

「ええ。先生も以前は怪談やら心中ものやら、軽い物を書いておられたんですが、近年、武家物などを書くようなってからは、話を持ち込むお人が多くなりましてな、ここに来たお人を版元にお連れすることだってあるんですよ。版元ではそういうお人を文耕先生にお引き会わせする、というわけでして」

「ふうむ、なるほど、そうであれば話の種には困らないであろうな」

「はい、ですから文耕先生の本は人気があるんでございます。講釈にもたくさん人が

「集まっておりますよ」

「講釈か……聞いてみてもよいな、どこでやるのか、店主殿はご存じか」

「それは、お寺や社の境内だったり、人のお宅だったりいろいろで。文耕先生を支持するお人は多いので、あっちこっちでやっておりますよ」

「ふうむ、そうか。今度、調べてみよう。とりあえず店主殿、これをもらおう」

加門が『平かな森の雫』を差し出すと、

「はい、ありがとうございます」

店主は腰を折った。

財布を出しながら、加門は付け加えるように言った。

「そうだ、版元はどこにあるか、教えてくれぬか。わたしも話したいことができるかもしれない」

笑いを浮かべた加門に、店主は手を上げた。

「今、一番おつきあいなさっているのは神田の笹屋《ささや》でございますよ。ここの店主は文耕先生に入れ込んでいますから」

「そうか、いや、店主の話も面白かったぞ」

加門の笑顔に店主は大きく腰を折る。

「またぜひ、お越しを」

うむ、と受け取った冊子を抱えて、加門は歩き出す。

屋敷に戻って読むことにするか……。


その頃、江戸城中奥。

意次は家重と大岡忠光に向かい合っていた。

先日の御僉議御用掛とのやりとりを報告する。

「な、ん、と……」

家重の顔が歪んだ。忠光も眉間に皺を刻む。

「御上意と伝えてもそれか」

「は、そもそも御僉議御用掛でもないわたしの言うことなどには耳を貸せぬ、という勢いでした」

「ううむ」忠光が唸る。

「皆の心根は読める。我が大岡家も大した出自《しゅつじ》ではないゆえ、今でもわたしは見下《くだ》されているのをしばしば感じる。忠相様も、大名方からいろいろと嫌がらせを受けたりしていたものだ」

かつて北町奉行を務めた亡き大岡越前守忠相と忠光は、親戚ゆえもあって親しくつきあっていた。

「はい、田沼家も元は足軽の出と、父の代から軽く見られていました」

「まったく」忠光は口を曲げる。

「血筋だの譜代だの官位だのと、武家はどうしてこうも格にこだわるのか。わたしは歯がゆくてならん」

うむ、と家重が頷き、その口が動く。

かような心構えであるゆえ、評定も進まなかったのだ、と意次はその意を解した。

「はっ、真に。しかし、長年の考え方を変えるのはなかなか難しいことと、改めて感じました」

「そうさな」忠光が息を落とす。

「武家の頭《あたま》は何百年もかけて凝り固まってきたのだ、容易には変えられまい」

「い、や」家重が首を振る。

「か、え……ば、な……ぬ」

「はい」

意次と忠光は、顔を見合わせて頷いた。

数日後。

陽も沈んで城に薄闇が広がりはじめたなか、部屋の襖を開けた意次は、「おっ」と声を上げた。

待っていた加門はいつもの笑顔でなく、真顔で見上げた。

「なんだ、なにかあったか」

いぶかりながら座る意次に、加門は傍らに置いていた冊子を押し出した。

「馬場文耕が郡上の騒動のことを書いて出したのだ」

「ほう、これか」意次は冊子を手に取る。

「まだ詮議をしているというのに、書いたりしては役人が黙ってはいまい。下手《へた》をすると捕まるぞ」

「ああ、この男、怖れを知らぬとしか思えん。郡上の騒動は今の御政道批判にちょうどいいと考えたのかもしれんがな」

加門は眉を寄せた。

「しかし、なにゆえにこうも御公儀を批判するか、わからん。上様や大岡忠光様は悪し様に言うくせに、吉宗公と松平乗邑は手放しで褒める。おまけに田安《たやす》家や一橋《ひとつばし》家も褒めそやすとは」

　家重の弟の宗武は田安御門の内に屋敷を賜り、通称田安様と呼ばれている。その下の弟宗尹は一橋御門の内に屋敷があるため一橋様と呼ばれる。

　享保の頃、松平乗邑は家重を廃嫡し宗武を世継ぎにせよ、と公言したことがあった。宗武もその気になり、仲のよい宗尹もそれについた。吉宗さえ、その進言に心を動かされた時期があったと見られている。が、結局、吉宗は家康の遺言である長子相続を守り、家重を世継ぎとする。

　しかし、そのことは深い遺恨を生んだ。あからさまに挑んできた宗武を家重は憎み、宗尹への怒りも募らせた。さらに宗武を立てた松平乗邑への憤りも強く、将軍を継いだ家重はすぐさま、老中首座を罷免している。乗邑はすでに世を去ったが、宗武・宗尹との対立は今も続いている。

「まったくだ。そのくせ大岡様のことは己の欲で御政道を動かしているだの、賄賂《わいろ》を好き放題受け取っているだの、まるで極悪人のように書くとはな」

　意次の渋面に加門も頷く。

「うむ、そのへんはやはり、上様の片腕である大岡様を悪者にすることで、上様ご自身の評判まで下げよう、という意図ではないかと思うが」

「だが、このような本を出版できるようになったのは、上様が将軍になられ、以前の厳しい統制を解かれたからではないか。吉宗公の御代であったら、発禁であったし、牢に捕らえられたというのに」

「うむ、馬場文耕はそのあたりのことをわかっていないのだろう。いや、わかっていても目を逸らしているのかもしれん。話しをしていても、思い込みの激しさや軽率さを感じる。悪気はなさそうなのだが、かえってそれが厄介だ」

「そうか、悪気があれば諭すこともできるが、よいと思っているのなら、変えるのは難しいな。この『平かな森の雫』も世のためと思って書いたのであろうな」

「ああ、まさしく」加門は腕を組む。

「世を正すため、と思ってのことだろう。講釈もしているようだから、聞きに行ってみるつもりだ」

「そうか、聞いたらまた教えてくれ」

そう言うと意次は立ち上がって土瓶を持って来た。

「白湯《さゆ》だ」

湯飲みに注ぐと、蓋付きの菓子鉢も開ける。

「この時期、餅菓子はすぐにかびが生えるな。これは大丈夫だぞ」

麦焦《むぎこ》がしのような焼き菓子を、加門はつまむ。口の中で溶ける甘さに、加門はほっと肩の力を抜いた。

「そういえば、郡上の詮議のほうはどうだ」

「うむ」意次は菓子を飲み下して口を開く。

「美濃から青木郡代を呼び出した、二十日に吟味だ」

「青木郡代か、その申し立てが出れば、もう勘定奉行もしらを切りとおすことはできまいな」

「そうは思うのだがな、どうなることか……」

意次はその顔を廊下へ向けた。足音がやって来て、前で止まったのだ。

「意次、いるか」

大岡忠光の声だ。

「はい」

慌てて襖を開けると、忠光はすぐに滑り込んできた。

「おお、加門も来ていたか」

「はっ、では、わたしはこれにて」

腰を浮かせる加門を、忠光は手で制す。

「ああ、よい、そなたも聞け、よい話だ」

忠光の笑顔に、加門と意次は目を交わしながら姿勢を正す。

「上様がお決めになったのだ。意次、いや、田沼主殿頭、そなたに五千石の御加増が決まったぞ」

「五千石」

声にならない声が、二人から出る。

忠光は笑顔で二人を見た。

「そうだ、これまでが五千石であったから都合一万石、これからは立派な大名だ。それと目代《もくだい》として御僉議御用掛にも任じられた。上様とのつなぎ役として、正式に評定所に出座せよ、との仰せだ」

驚きで目を丸くする意次に、忠光は「ああ、いや」と手を上げる。

「公布は九月の三日ゆえ、それまではこのままだ。まあ、城中にはすぐに知れ渡るだろうがな」

呆然としたままの意次の肩を、加門はつかんだ。

「すごいではないか、一気に大名とは」

「うむ」忠光が笑う。

「これでもう侮《あなど》られることはないぞ。この先は御僉議御用掛として腕を振るうよう、上様も仰せだ。頼んだぞ」

はあ、と意次は背を伸ばす。

「いや、思わぬことで戸惑っております。ですが、はい」意次は胸を張る。

「ありがたき御下命、謹んでお受けいたします」

「いや、礼は明日、上様に言うがよい。わたしは一刻も早く知らせたくて、つい来てしまったのだ」

忠光は目顔で「わかるであろう」と加門を見る。

「はい、わたしも城中を駆けまわりたい心持ちです。すごいではないか」

加門は意次の肩を揺すった。

三

八月二十六日。

加門は品川からの道を歩いていた。

予期したとおり、定次郎ら五人はすでに宿を引き払っていた。

どこへ行ったのか……。加門は思いを巡らせる。

二十日、青木郡代はありのままのことを述べていた。当時、勘定奉行の大橋と曲淵からの命《めい》を受けたこと、さらにそれは老中本多の知ることであると聞いていたことなどだ。それで、詮議の舵は大きく切られたはずだ。さらに意次が詮議に加われば、道筋も変わるだろう。

これ以上、身を隠さずに姿を見せたほうがいい……。加門は定次郎らにそう伝えるつもりだった。

城を仰ぎ見ながら、加門は濠沿いを歩く。

え、とその目を瞠った。

濠を渡って行く一行がいる。

定次郎ら四人だ。

加門は走り出す。濠を渡った先にあるのは、北町奉行所だ。北町奉行は御僉議御用掛の一人である依田和泉守だ。

と、目の前に、人影が飛び出した。

「待ってくりょ」

そう言って両手を広げたのは弁次郎だ。

「弁次郎さん」のめりながら止まった加門は、橋を渡りきった四人を見る。

「定次郎さん達はどこに行こうとしているんです」

「止めないでくりょ」

弁次郎は前に立ちはだかる。

「箱訴だけでは安心できんで、御奉行様に直《じか》に訴えるんだがね」

四人の姿はすでに御門に消えた。

加門は弁次郎を押しのけると、走り出す。

町奉行所では、駆け込み訴えが許されている。公事の手続きなどを一切省いて、訴えたい者が門に直接、駆け込む方法だ。

定次郎と喜四郎はすでに御法度の駕籠訴人として、罪は免れ得ない。しかし、吉郎治と吉十郎はまだなんの罪にも問われていない。駆け込み訴えそのものは罪ではないが、百姓の強訴《ごうそ》として扱われる怖れがないわけではない。強訴は罪だ。

加門は橋を渡り、御門を抜けた。

北町奉行所の屋敷が見えて来る。

その前に四人が走って向かっている。

「待て」

加門の声は届かない。

開けられている門に、四人は駆け込んだ。

「訴えでございます」

定次郎の声が響く。

「御訴状、御訴状」

喜四郎は訴状を掲げている。

「お願いでございます」

吉郎治と吉十郎の声が重なる。

門で膝をつく四人を、門番が立たせる。

加門は足を緩めながら、その場へと走り込んだ。

四人は立たされ、中へと連れて行かれる。

やってしまったか……。加門は四人の背中を見送った。

「加門様」

弁次郎が息を荒くして横に立った。

「これは村を出たときから決めていたことだがね」

「そうか」加門も息を整える。

「だが、おそらくこのまま牢に入れられるだろう。牢は厳しい、牢で死ぬ者も珍しくないのだ」

その言葉に、弁次郎の息が詰まったのがわかった。が、すぐに弁次郎は顔を上げた。

「いんや、立百姓は端《はな》から命をとられるのも覚悟の上だで。わしは水呑百姓で訴人にはなれんし、村に帰って皆ん衆に伝える役目じゃで、あきらめただけだがね。わしだって、死ぬのをおそがいと思ったはないで」

弁次郎は胸を張って、息を吸い込む。

「村を救うためじゃ」

そう言い放った横顔を、加門は見つめた。

九月二日。

御庭番の詰所に、栄次郎が駆け込んで来た。

「加門、聞いたか」

隣に滑り込んで、栄次郎は加門を覗き込む。

「老中の本多様が罷免されたぞ」

「なんだと、真か」

「ああ、今、表で聞いてきたのだ。いや、驚いたぞ、まったく」

罷免、と加門はつぶやく。その耳に、栄次郎はささやいた。

「田沼様の御加増、公布は明日であろう。なにゆえに、今日、罷免が決まったのだろうな。田沼様が言い出した折りには、皆、反対したというではないか」

ううむ、と加門は顎《あご》を撫でた。

すでに石徹白騒動も共に詮議すべし、という意次の提案も受け入れられていた。老中酒井がつい先日、御僉議御用掛に申し渡したのだ。

加門は栄次郎に小声で返す。

「明日になれば田沼主殿頭は一万石の大名で御僉議御用掛。そうなれば、老中罷免の件も皆、従うことになるだろう。だが、そうなると、老中罷免は田沼主殿頭の手柄になってしまう。それよりも御僉議御用掛の勇断としたい、と考えたのであろうな」

「ほう、なるほど」栄次郎が手を打つ。

「手柄を独り占めさせてなるものか、と。おう、上の方々の考えそうなことだ」

うむ、と加門は苦笑を呑み込んだ。

「そういう方々に御政道を任せていると思うと、おそがいな」

そのつぶやきには気づかず、栄次郎は立ち上がった。

「外の皆にも知らせてこよう」

栄次郎は来たときと同じように駆けて行った。

翌三日。

夜明けとともに、加門は評定所への道筋に立っていた。朝、卯《う》の刻（六時）から詮議をはじめると意次から聞いていたからだ。

ほどなく、待っていた意次が姿を現し、加門に目配せをする。そっと、うしろに付くと、ともに評定所へと入った。

「この部屋にいてくれ、隣が詮議の本間だ」

意次は加門を残すと、本間へと移って行く。

加門は先日、意次から言われたことを反芻していた。

〈三日にまた大橋殿と曲淵殿の吟味をする。そこでまたしらを切ったら、そなた、出て来て、見聞きしたことを証言してくれ〉

加門は息を潜めて、詮議のはじまりを聞いた。

百姓衆が引き出されて、吟味がはじまる。

喜四郎や定次郎、ともに駆込み訴えをした吉郎治と吉十郎も呼び出されていた。

喜四郎と定次郎は、国預けの身であるにもかかわらず、欠落ちしたことを厳しく咎められた。が、訴え事を堂々と述べる。

他の百姓衆もつぎつぎと呼ばれ、それぞれに問われては、それぞれに返答していく。怖じけず、誰もが声を張り上げていた。

次には郡上藩の者らが呼ばれた。江戸家老や国家老が詰問を受けるが、答える者は皆、喉を詰まらせ、言葉もはっきりしない。

黒崎佐一右衛門の名も呼ばれる。

「わたしは大橋近江守様の口利きで、郡上藩に雇われました」

そう答える。

加門は喉をさすった。聞いているだけでも、口が渇いてくる。

昼になり、少しの休みが入った。加門の元にも茶と握り飯が届けられる。が、すぐに詮議は再開した。

「勘定奉行大橋近江守」

呼ばれた声に「はい」と声が返る。大橋はすでに佐竹《さたけ》家にお預かりの身となっている。そこからの呼び出しだ。

詰問がはじまると、ほどなく、大橋の声がそれを遮った。

「申し訳ございません、思い出しました」

座が一瞬、静まる。

「なんと、では、これまで再三知らぬと申してきたのに、それは忘れていただけと申すのか」

御僉議御用掛の問いに、「はいぃ」と答えが戻る。加門には見えないものの、頭を畳に擦り付けているのが察せられた。

「忘れておりました、それと、なにやら思い違いなどもありまして、その……見当違いを申していたのでございます。嘘をつくつもりではございませんで……」

震える声に、また座が静まった。誰もが、呆れているに違いない。

「よい、下がれ」との声は、次に「曲淵豊後守」と呼んだ。

「お許しくだされ、わたしも忘れていた、ということを思い出しました」

「なんと、そのほうも忘れていたと申すか」

「はい、多忙につき、さまざまのことが重なりまして、勘違いを生じていたのです」

「そのほう、勘定奉行として筋違いをしたばかりでなく、今は大目付の身でありながら金森藩主の不届きに目をつぶりしことは明白、そのような大事を勘違いと申すか」

「はっ、その……」

曲淵の声が震える。

加門はほっと息を吐いた。これならばわたしの出番はないな……。しかし、老中の後ろ盾をなくしただけで、こうも掌《てのひら》を返すか……。

「曲淵豊後守」

声は響く。

「そのほう、相良《さがら》家に預けの身とする」

おそらく深く低頭したであろう、と加門は襖越しに姿を思い描く。

すごいな……と、加門は隣から伝わる張り詰めた気を感じていた。これほど一気に進むとは、意次ならでは、だ……。

詮議はなおも続いていった。

四

後日。

加門は神田へと向かった。

馬場文耕の本を出している版元の笹屋を訪ねるためだ。

加門はゆっくりと歩きながら、町人の立ち話に耳を向けた。

「五千石から一気に一万石とは、たまげたもんだ」

「ああ、そんなに偉いのかね、田沼意次ってえのは」

「まあ、公方様がそこまで取り立てるんだから、使えるお人なんだろうよ」

「おう、おれは聞いたぜ、例の郡上の騒動あるだろ、田沼様はその御僉議御用掛になったそうだぜ」


意次の話題がすでに広まっている。

町人は耳が早いな……。加門は感心しながら、道を曲がる。目指した場所で、版元の笹屋はすぐに見つかった。

戸を開けて中を覗くと、主らしい男が寄って来た。

「はい、なんですかな、お武家様」

「こちらは馬場文耕殿の本を出していると聞いたのだが」

はい、と主は中を目で示す。長い机で、本を綴じている男達が見える。

「彫りや刷りは外に出してますがね、綴じはここでやってますんで、すぐに買えますよ、なにをお探しで」

「ああ、いや、本は持っているのだ。実は、文耕殿の耳に入れたい話があってな」

小声になった加門に、主は頷く。

「はいはい、そちらですか、どのようなことですかな」

「む……軽々には言えぬ内密の話なのだ」

「ほう、さようで。では、お上がりください。ちょうど今、文耕先生が見えてまして、御武家様からお話を聞いているところでございますよ。それが終わりましたら、お引き合わせしましょう」

　さ、と座敷に通される。

「こちらでお待ちを」

　そう言うと、主は早足で作業場に戻って行った。

　加門はそっと部屋を出る。廊下を奥へと進むと、人の話し声が聞こえてきた。

　襖の手前に立ち、耳を傾ける。文耕の声、それに二人の男の声だ。

「老中の罷免など、公方様がいかにぞんざいな政をしていたかが露呈した、ということだ」

「ああ、まさに。我が殿が世を治めておられたら、かようなことには決してならん」

「ああ、田安様であれば、重臣を詮議するなどという事態には、決してならぬであろう、家重公の手腕のほどがよくわかるわ」

　我が殿……田安様……一人は田安家の家臣か……。加門は唾をそっと呑む。

「ほうほう、さほどに田安様は英明であられるのか」

文耕の言葉に、もう一人が返す。

「さよう、それに田安様であれば、我が殿がお支えいたす。殿もまた俊才であられるゆえ、お二人が世をお治めになれば、郡上のような騒動、起きるはずがない」

「うむ」田安家の家臣の声だ。

「一橋様は頼りになるお方、殿とともに御政道を執れば、これほど心強いことはなかろうに」

一橋……もう一人は一橋家の家臣か……。加門は鳴りそうになる喉を押さえる。

「弟君二人は仲がよいのに、公方様には味方がいない、ということですな」

文耕の言葉に、二人から失笑が洩れる。

「さよう、公方様に味方する者など、大岡忠光と田沼意次くらいのもの」

田安家家臣の声に、一橋家の家臣も冷えた笑いを吐く。

「あの名老中松平乗邑公とて、家重様のことを見捨てていたのですぞ。どのような器量か知れるというもの」

笑いがさらに高まる。

加門は息を呑み込む。家臣は主を崇《あが》めるものだから、おそらく本心から言っているのだろう。が、わざわざ文耕にそれを言うのは、本人らの意思なのか……いや、おそらく上から命じられたに違いない……。加門はそう考えを巡らせながら、そっとその場を離れた。

草履を履いて近づいた加門に、主が振り返った。

「おや、お帰りですかな」

「うむ、あまり待つわけにもゆかぬので、また出直すことにいたす。ところで、文耕殿は講釈もしているという話だが、どこで聞けるのだろう」

「ああ、それでしたら、もうすぐはじまりますよ。十日から十六日まで、やることが決まってますんで。あの郡上の騒動を書いた本が人気を呼びましてね、皆からやいのやいのの催促がきたんですわ」

「ほう、どこでやるか、教えてくれまいか」

「はい、この近くの樽正町《たるまさちょう》、表通りの文蔵《ぶんぞう》の家ですよ、文蔵は文耕先生に入れ込んでましてね、ぜひ、うちでやりたいと。小間物売りの文蔵と言えば、家はすぐにわかります」

「そうか、あいわかった。邪魔をした」

加門は目元で笑んで、店を出た。

そういうことだったか……。加門は口の中で、つぶやいた。

「大変そうだな」

加門は意次の顔を覗き込んだ。が、疲れの色はなく、目には力がみなぎっている。

「ああ、だが、やりがいがある。この先は石徹白騒動の詮議もはじまるぞ。石徹白豊前もまもなく江戸に着くはずだし、郡上藩の寺社奉行根尾甚左衛門も呼んである」

「そうか、では、寺社奉行の本多長門守もいよいよ腹を括《くく》るしかないな」

「ああ、これまで訴えをないもののように、うやむやにしてきたが、もう逃げ場はない。金森藩主とのつながりも明白だし、ごまかしはきかないはずだ」

「かばってくれた老中もすでに役を解かれたわけだしな」

加門がにやりと笑うと、意次も口元に笑みを浮かべた。

「うむ、笠を外したとたん、皆の態度が変わった。変わり身のあまりの早さに呆れたがな」

「ああ、だが御公儀の重臣ともあろうものが、な。わたしも聞いていて呆れたぞ。しかし、一揆にしても強訴にしても、いつでも厳しく罰せられるのは百姓の側だ。上の方にお咎めがないというのは理不尽なことだ」

「うむ、実はな、百姓衆は町奉行所でも吟味を受けているのだが、そこで不公正を訴えたそうだ。民百姓ばかりが罰せられ、政を行うほうは罰せられないのは、あまりに不公平だと」

「そうなのか」

「ああ、町奉行の依田殿から聞いた。そのせいで百姓らへの風当たりが強くなっているらしい。お沙汰がより厳しくなるのではないかと、気にかかっているのだが」

眉を歪める意次に、加門はふっと息を吐いた。

「百姓衆はなにも怖れていないからな、怖れのないことほど強いことはない」

定次郎らの顔が、加門の脳裏に浮かび上がった。


九月十六日。

加門は樽正町へと出向いた。

馬場文耕の講釈の最終日だ。

「まもなく満員だよ、締め切るよ」

その声に慌てて、文蔵の家に入る。詰めかけた人々のうしろに、加門は座った。

ほどなくして現れた馬場文耕は、ひしめく客らを見渡しながら、大きく口を開くと、郡上の騒動を語り出した。百姓衆から話を聞き出しているだけに、真《しん》に迫っている。石徹白騒動にもそれは及び、話に熱が籠もっていく。

「さあ、ここで浮かび上がるのが藩主の金森兵部、なにしろこの殿様、御公儀の老中とは義兄弟、寺社奉行とも親戚だ……」

話は公儀の役人とのつながりに及んでいく。

語るにつれ、文耕の顔は紅潮し、唾が飛ぶ。その声はますます大きくなり、身振りも盛んになった。

加門はそのようすをじっと見つめ、陰虚《いんきょ》だな、と胸中でつぶやいた。陰陽の気質はどちらかに偏りやすい。陽があまりにも強く、陰の気がない者は陰虚と判断される。激しやすく、闘争を好み、敵が大きいほど熱くなる……。陽が極まった者の特徴を思い出しながら、加門は文耕のよく響く声を聞いた。と、ふと横に目が引っ張られた。気配だ。

三人置いた横に座っている男の気配が強い。

さらに加門は反対側を見た。やはり気配の強い男が文耕を見つめている。どちらも町人の姿をしているが、その目つきには町人のおおらかさがない。

町奉行所の隠密方か……。加門は唾を呑み込む。

やがて、講釈が終わった。

客がぞろぞろと引き揚げて行き、文耕も奥へと姿を消した。

加門はそっと厠に身を潜めた。中で息を潜め、家のようすを窺う。奥の部屋から微かに人の声が聞こえてくる。文蔵が文耕と話しているらしい。

そこに大きな音が鳴った。

戸口が開き、人がなだれ込んだのが、わかった。

「馬場文耕、御用だ」

町奉行所の役人に違いない。

「御公儀で詮議中の騒動、沙汰も出ておらぬのに世に広めるとは不届き」

「そのほう、奉行所にて吟味いたす」

加門はそっと厠から出て行く。と、物陰から首を伸ばした。

奥の部屋で、与力や同心、その配下らが文耕を囲んでいる。が、文耕は平然と湯飲みを手にして、役人らを見上げていた。

「そのうちに来ると思っていたが、そうか、今日、来たか」

薄い笑いさえ浮かべた文耕に、同心がいきり立つ。

「ええい、縄をかけろ、引っ立てるぞ」

はっ、と中間らが縄を伸ばすと、文耕は立ち上がってそれを振り払った。

「縄など無用、逃げなどせんわ、さあ、奉行所に案内いたせ」

囲んだ役人らを手で払い、歩き出す。

慌ててそれを取り囲み、人が塊《かたまり》となって動き出した。

「ええい、腰縄をかけろ」

与力の声に中間が縄をまわす。今度は拒まずに、文耕は応じた。

一行が家を出たのを確かめて、加門もそっと外に出た。

南町奉行所と書かれた提灯《ちようちん》を掲げた者が、先頭を歩いている。

騒ぎで駆けつけた野次馬達が、わいわいと人垣を作った。

「いやあ、やっぱり捕まったか」

「ああ、まっ正面から御政道批判をしていたからな」

「こりゃ、遠島に間違いねえ」

「おうよ、御政道批判は八丈島《はちじようじま》送りと決まっているからな」

そうしたささやきのなかを、文耕は肩を揺らしながら、進んで行く。

加門は人混みに紛れて、それを見送った。

五

十月、十一月と、詮議は連日、進んでいた。

「寺社奉行の本多長門守は、罪を認めたぞ。金森兵部に頼まれて、石徹白騒動の訴えを表に出さぬよう、押さえていたということだ」

意次は言った。

「藩主の金森兵部の吟味もはじまったぞ。国の役人が百姓甚助を捕らえ、吟味なしに打ち首にしたことの不届き、さらに石徹白騒動においても賄賂を得た寺社奉行に任せおいたことなど、罪に問うている。金森兵部はなにも抗弁できず、うつむいていた」

随時、意次は知らせてくれた。

多くの役人やその手代までをも呼び出し、つぎつぎに吟味を重ねていた。百姓衆も国から呼んで、立《たち》百姓のみならず町の立者、さらに敵対していた寝《ね》百姓や寝者も吟味する。数の多さから、評定所だけではなく、町奉行所でも同時に吟味は行われていた。

加門は評定所を外から眺めて、目を眇《すが》めた。御僉議御用掛が決められ、こうして連日、詮議が続けられるのはこれまでなかったことだ。

意次、やったな……。加門は口中でつぶやいた。

十二月。

朝早くに、加門は北町奉行所の前にやって来た。牢の中で病に倒れる者が続いている、と聞いたためだ。

やって来た一人の同心を見つけて、加門は走り出す。

「坂口善吾殿」

以前、郡上藩邸で黒崎佐一右衛門を捕まえて渡した相手だ。

「や、これは」

驚きつつ、坂口は加門と向き合った。

「今日はなにか御用で」

「牢に入った人らに病が出ているというは真《まこと》ですか」

ああ、と坂口は通る人らを避け、加門を塀の横に誘った。

「そうなのです。実は、死人《しびと》も出ているのです」

「死人、ですか」

「ええ、いずれ明らかになりますから、お話ししますが、黒崎佐一右衛門も死にました。それと、郡上藩の寺社奉行根尾甚左衛門もすでに亡くなり、ともに、遺骸取り捨てとなりました」

すでに有罪が決まっていて牢屋敷で死んだ者は、遺体は裏口から出されて放置される取り捨ての扱いになる。

「それは……」

「ああ、いえ、黒崎佐一右衛門のほうは、大八車に乗せて小塚《こづか》原《っぱら》に運んで行きましたし、根尾奉行のほうは、さすがに藩が引き取って行きました」

「そうですか……百姓衆はどうなのですか。黒崎や根尾が造りのましな揚がり屋でも死んだのであれば、大牢に入れられた百姓はもっと厳しいでしょう」

武士は個別の小部屋である揚がり屋に入るが、百姓や町人が入れられるのは、大勢が詰め込まれる大牢だ。

「はい、実はすでに二十人、死んでいます。責め問いで弱った者もありましたし、病になった者あります」

役人の詰問に素直に答えない者には、軽い拷問が行われるれるのが普通だ。それが責め問いであり、違法ではない。

坂口は首を振る。

「百姓には一揆の頭取《とうどり》（首謀者）を白状しろと責め問いをしたのですが、皆、口を割らずにかばい合っていましてな、いや、その毅然とした態度には、我ら役人も感じ入ったほどです。まあ、次第に明らかにはなりましたが」

「そうでしたか、駕籠訴人や箱訴人はどうなっているのですか」

「うむ、駕籠訴人の喜四郎は病となり、死にました。あの者は弁舌鋭く我らも瞠目していたのですが」

「喜四郎さんが」

「まあ、生きていても、死罪は免れないでしょうから、いっそよかったかもしれぬ、と言う者もあります」

「そうですか」

加門は空を仰いだ。

北風に、雲がつぎつぎに流れていく。

「あ、そうだ」加門は顔を戻す。

「南町奉行所に捕まった馬場文耕のことは知っていますか」

「ああ、はい、八丁堀《はっちょうぼり》の仲間で南町の者がいますから、聞いています。いや、あの男、吟味の場で声高に、御政道批判を繰り返しているそうです。そればかりか、御奉行様まで罵《ののし》っているそうです。大岡越前守様を引き合いに出して、見習え、と。御奉行様は顔を真っ赤にしているそうで」

「それはまた……恐れ知らずにもほどがある」

加門はあんぐりと口を開ける。

「ええ、あのような者は初めてです」

坂口は片目を細めて頷きつつ、奉行所の門を見た。役人が続々と入って行く。

「や、わたしも行かねば……では、これにて」

背を向けると、走って行く。

加門は礼を言って、坂口を見送った。

首を伸ばしてみるが、門の内側は見えない。定次郎や吉郎治、吉十郎は無事なのか……。その目の裏に、ふいに喜四郎の顔が浮かんだ。

加門は再び空を見上げた。

「今年中にすべて終える」

そう言った意次の言葉どおり、つぎつぎと沙汰は出されていった。

加門は詰所の文机で、筆を執った。出された沙汰を書きはじめる。

老中本多伯耆守正珍　罷免の上、逼塞《ひっそく》

寺社奉行本多長門守忠央　御役御免、領地召上《めしあげ》の上、他家へ永預《えいあず》け

勘定奉行大橋近江守親義　御役御免、他家へ永預け　子の男子三人も改易

元勘定奉行・大目付曲淵豊後守英元　御役御免、閉門、小普請《こぶしん》入り

美濃郡代青木次郎九郎　御役御免、逼塞、小普請入り

加門はそこまで書くと、手を止めて息を吐いた。

閉門は門を閉ざし、窓も塞《ふさ》いで昼夜とも出入りを許さない刑だ。逼塞はそれよりは軽く、窓は塞がずともよく、門からの出入りも夜は許される。三十日間か五十日間と、刑期も長くはない。永預けは終身、他家に預けられ家に帰ることは許されない刑だ。小普請は役のない地位で、幕臣ではあり続けられるが、武士としては最も低い身分と

なる。
加門は筆に墨を付けると、再び紙に下ろした。
郡上藩主金森兵部少輔　改易、領地召上の上、南部藩に永預け　本多家養子となった本多兵庫も改易　他、金森家嫡男を含む男子六人も改易
郡上藩寺社奉行根尾甚左衛門　死罪　牢死
黒崎佐一右衛門　遠島　牢死
加門は牢死と書いて、息を吐く。
このほか、郡上藩国家老の二人は遠島となっている。藩の役人には追放などの刑を受けた者が数多くいる。
あとは百姓衆と石徹白の人々か……。加門は筆を置いた。十二月もはや下旬になっていた。

十二月二十五日。

加門は城を出て、走った。

馬場文耕に沙汰が下されたと聞いたためだ。

市中引き廻しの上、獄門。聞いた言葉が頭の中で巡る。

馬鹿な、あの軽率さが身を滅ぼしたのだ……。加門は思わず舌を鳴らす。御政道批判が田安家などに利用されたことは許せないが、どこか憎み切れていなかった。

南町奉行所に着くと、すでに引き廻しで出て行ったあとだった。

町へと走る。

人混みと声で、その方向がわかった。まもなく、馬上の姿が目に飛び込んだ。

縄をかけられ、うしろ手に縛られて、文耕は馬に跨《また》がっている。髷《まげ》は解かれ、ざんばら髪だ。が、その顔は堂々と上げられている。

「馬場文耕っ」

「文耕先生よ」

周りから声が上がる。押しかけた人々で、道は大変な騒ぎだ。

「小塚原の処刑場に行くんだとよ」

「ああ、獄門じゃあな」

声が飛び交う。

「おうい、文耕先生よ、あんたの講釈面白かったぜ」

「なんで、八丈送りじゃねえんだよ」

男達の声に、前を歩く役人が「こら、黙れっ」と振り向く。

馬上の文耕は、付いて来る人らを見下ろした。

「おう、ありがとうよ」そう言って、胸を張る。

「悔いはないぞ、わたしのことは語り継いでくれ」

顔には笑みさえ浮かぶ。

横を歩きながら、加門はその顔を見上げた。

そうか、いいのか、と思う。なんと軽率な男、愚かなことと思ったが、本人はそれでいいのか……。加門は立ち止まって、背中を見る。

「よう、文耕、忘れねえぞ」

かけ声が飛ぶ。

そうか、と加門はうしろ姿を見つめた。己を抑えて生きながらえるよりは、己らしく死んだほうがいい、そう思ったということか……。

加門は人混みをかき分けて、走り出した。

馬に追いつくと、見上げて声を放った。

「馬場殿、潔《いさぎよ》いぞ」

お、と文耕が見る。

「や、小役人殿か」

前を歩く役人が目を吊り上げて振り返る。が、人混みのなかの加門に目は届かない。

「おう、潔い」

「そうだそうだ」

野次馬らからも声が上がる。

文耕は背筋を伸ばして皆を見渡す。笑みを見せて頷くと、その目を空に向けた。

加門は遠ざかって行く一行を、見えなくなるまで見送った。


翌十二月二十六日。

評定所の前を離れ、加門は小伝馬町の牢屋敷へと向かった。

詮議は先日から夜を通して続けられ、残されていた沙汰がすべて下りたのだ。

定次郎は一揆の首謀者として獄門。すでに死亡しているが喜四郎も死罪。

さらに歩岐島騒動の頭取として四郎左衛門と庄屋の家に押しかけて荒らした由蔵が

獄門。ほかにも四人の百姓が死罪を言い渡された。

石徹白騒動にも沙汰が下され、石徹白豊前も死罪となった。

杉本左近は押込《おしこめ》を言い渡されている。家の一室の戸を塞いでしばらく閉じ込める、という刑罰だ。

加門は足を速める。なにができるわけでもないが、牢屋敷に向かわずにいられない。

小伝馬町の牢屋敷が見えると、加門は人影を認めて走り寄った。

「弁次郎さん」

立っていたのは、弁次郎だ。

「ああ、加門様……沙汰が下りたと聞いたで」

うむ、と眉を寄せる加門に、弁次郎は首を振る。

「獄門とは酷《むご》いことじゃが……覚悟はしとったで」

弁次郎は顔を上げる。

「藩主の金森兵部は改易で、南部にお預けになったんじゃ。息子らも改易となれば金森家はしまいじゃ、わしらの勝ちだがね」

顎を上げて弁次郎はつぶやく。

「定次郎さも、満足しとるはずじゃ」

加門は黙って頷く。

その顔を門へと向けた。脇戸が開いたのだ。

中から人が出て来る。

あ、と弁次郎が走り出した。

「吉郎治さ、吉十郎さ」

加門もあとに続く。二人はお咎めなしで放たれたのだ。

弁次郎は二人の腕をとって、跳ね上がった。

「ああ、よかったがね、二人ともよう戻ってくれたで」

ああ、と頷きながらも、その顔は晴れない。

「定次郎さは今日、ここで首を落とされるそうだで」

吉郎治の言葉に吉十郎が続ける。

「国に運ばれて獄門にされるそうだで」

弁次郎の顔が強ばる。が、それを横に振った。

「なら、わしらもいっしょに国に戻るがね。勝ち戦の凱旋《がいせん》じゃ」

「ほうか」吉郎治の顔が上がる。

「勝ったんじゃな」

「そうだがね、わしらが立ち上がったから、藩主を追い出せたんじゃ。やったかいがあったっちゅうことじゃないがね」

「おう、そうじゃ」吉十郎の顔も明るくなる。

「わしらは立った、立ったから勝った、ほういうことじゃ」

肩をたたき合う。

弁次郎が塀に向かって、右足を踏み出した。両の拳をぐっと握ると、

「定次郎さー」

声を張り上げた。

「村は助かるで、安心してくりょー」

声は塀にぶつかって反響する。

皆がしんとして弁次郎を見つめる。

弁次郎は大きく息を呑み、顔を袖で拭いた。

加門は唇を噛む。

門でまた、人が動いた。

中からさらに人が出て来る。急度《きっと》叱《しか》りや所払《ところばらい》、追放などの軽い刑の者らだ。百姓衆も石徹白の社人らも、軽くすんだ者が少なくない。

江戸にいた百姓や社人らも駆けつけて来た。犠牲の多かった百姓衆の顔は、苦渋と喜びとが混じり合った複雑な面持ちだ。一方、訴人に死罪の出なかった社人らの顔は明るい。それにつられてか、百姓衆にもだんだんと喜びの声が高まっていく。

「これで帰れるで」

「よかったのう」

皆が集まり、言葉を交わし合う。

加門はそっとその場から離れた。

牢屋敷の長い塀沿いを、加門は冬空を見上げながら歩いた。

十二月晦日《みそか》。

加門は意次の部屋を訪ねた。

「おう、よかった、会えた」

意次は身支度を調《ととの》えながら笑顔で振り返る。

「屋敷に帰るのか」

「ああ、明日からまた忙しいからな」

城中は元旦から儀式が続く。

加門は意次の横顔を見て、

「少し痩せたな」

と、とつぶやいた。

「そうか」意次は笑って、頬を撫でる。

「まあ、こたびの詮議は夏からずっと休みがなかったからな。だが、おかげで年内に片を付けることができた……まあ、つらい沙汰もあったが」

笑みを消す意次に加門は首を振る。

「しかし、御公儀の重臣らを、これほど厳しく罰したのは初めてであろう。よくやったな」

うむ、と意次に笑みが戻る。

「こたびは多くのことを学んだ。やればできる、と子供の頃に教えられたことが、これほど身にしみたことはない。あきらめるな、というのも、改めて肚に落ちたぞ」

へえ、と加門は目を眇める。

「そうだな、わたしも多くのことを学んだな。立ってこそ、だ……」

立百姓らの顔がつぎつぎに浮かぶ。

「そうだ」意次の手が加門の肩をつかむ。

「年が明けたら、上様から褒美が下されるぞ。そなたの働き、よく調べた、と仰せだったからな」

いや、と言いつつ、加門は弛む顔に手を当てた。

「せっかくだ」意次が笑顔になる。

「町で一杯やろう、鍋でもつついて……どうだ」

「おう、いいな、またどじょうにするか」

加門も笑顔になる。

よし、と二人は城の廊下を歩き出した。

時代小説
二見時代小説文庫

上様《うえさま》の大英断《だいえいだん》　御庭番《おにわばん》の二代目《にだいめ》10

著者　氷月《ひづき》　葵《あおい》

発行所　株式会社　二見書房
東京都千代田区神田三崎町二―一八―一一
電話　〇三―三五一五―二三一一［営業］
　　　〇三―三五一五―二三一三［編集］
振替　〇〇一七〇―四―二六三九

印刷　株式会社　堀内印刷所
製本　株式会社　村上製本所

落丁・乱丁本はお取り替えいたします。
定価は、カバーに表示してあります。

 ISBN978－4－576－19077－8
https://www.futami.co.jp/

森詠

北風侍 寒九郎

シリーズ

以下続刊

① 北風侍《さむらい》 寒九郎 津軽《つがる》宿命剣

旗本武田家の門前に行き倒れがあった。まだ前髪も取れぬ侍姿の子ども。小袖も袴もぼろぼろで、腹を空かせた薄汚い小僧は津軽藩士・鹿取真之助の一子、寒九郎と名乗り、叔母の早苗様にお目通りしたいという。父が切腹して果て、母も後を追ったので、津軽からひとり出てきたのだと。十万石の津軽藩で何が…？　父母の死の真相に迫れるか!?　こうして寒九郎の孤独の闘いが始まった…。

二見時代小説文庫